悦读
文库

张
著觅

心中每天
开出一朵花

江西教育出版社
JIANGXI EDUCATION PUBLISHING HOUSE

图书在版编目（CIP）数据

心中每天开出一朵花 / 张觅著 . -- 南昌 ： 江西教
育出版社， 2016.10（2019.7 重印）
（悦读文库）
ISBN 978-7-5392-9078-2

Ⅰ ． ①心… Ⅱ ． ①张… Ⅲ ． ①散文集－中国－当代
Ⅳ ． ① I267

中国版本图书馆 CIP 数据核字 (2016) 第 259859 号

心中每天开出一朵花
XINZHONGMEITIANKAICHUYIDUOHUA

张 觅 著

江西教育出版社出版

（南昌市抚河北路 291 号 邮编： 330008)
各地新华书店经销
石家庄继文印刷有限公司
720mm×1000mm 16 开本 13 印张
2017 年 3 月第 1 版 2019 年 7 月第 5 次印刷
ISBN 978-7-5392-9078-2
定价： 26.00 元

赣教版图书如有印制质量问题，请向我社调换 电话：0791-86710427
投稿邮箱：JXJYCBS@163.com 电话：0791-86705643
网址：http://www.jxeph.com

赣版权登字 -02-2016-753

目 录

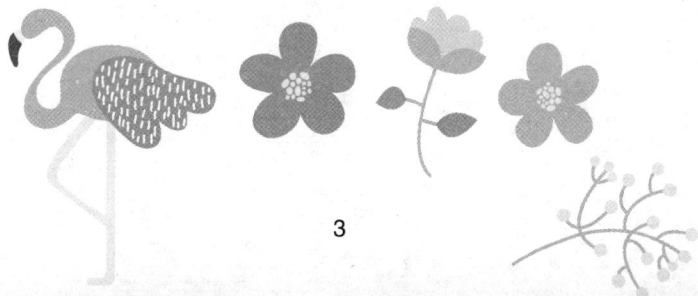

辑一

邂逅一缕清凉

茉莉消暑

　　若要说花卉之中哪一种最像中国古典女子，我会觉得是茉莉。小小的一朵茉莉，也并不如何美丽，却有清新芬芳，自在地沁入人心。

　　如同临风捧卷的女子，抬眸一望，眉目温婉，隽永的书卷气隐隐透来。

　　茉莉成了青春里温暖的记忆，带着熟悉的烙印，闻见茉莉清香，就想起一个个轻风拂面的故事。就像一个男生，在一个女生毕业纪念册上所写，你是我整个青春里，最亲切的回忆。

　　散文家朱千华在《南方草木札记》中写道："那是江南四月的芬芳、明净如水的少女、恬静的梦、小小的裙裾、羞涩的容颜。四月的阳光下，你星子般的眸子里深藏着整个春天。你轻盈，走在开满茉莉花的山坡上。茉莉花在山谷里静静地开。你在茉莉一样的月光下静静长大。"

　　读这样的文字，只觉仿佛呼吸的都是馨香。

　　唐太宗李世民也曾写诗赞美茉莉："冰姿素淡广寒女，雪魄轻盈姑射仙。"宋代郑刚中称赞："茉莉天姿如丽人，肌理细腻骨肉匀。"宋代王梅溪的《茉莉》有："西域名花最孤洁，东山芳友更清幽。"

　　宋代张镃写过一首新颖轻巧的《杨柳枝》："绿蜡芽疏雪一包，绽云梢，清香却暑置堂坳。晚风飘，冰雹无声栖碧叶，笑仍娇。相随茉莉展轻绡，伴凉宵。"

十分清新轻妙。"清香却暑"四个字更是无限旖旎,茉莉之美,不在其色,而在其香。古时夏日,江南街头随处可见卖茉莉花的小摊,妇女喜欢把它簪在发髻上,或用细线把它串成球,挂在衣襟上,或当作项链挂在颈上,可以清芬一整天,以达到"清香却暑"的效果。沈复在《浮生六记》里说:"想古人以茉莉形色如珠,故供助妆压鬓,不知此花必沾油头粉面之气,其香更觉可爱。"

盛夏,身畔有一枝茉莉相伴,心底总能浮现一缕清凉的芬芳。

甜美芬芳的栀子

林清玄曾经在一篇《花与人生》中写道："一位花贩告诉我：'几乎所有的白花都很香，愈是颜色艳丽的花愈是缺少芬芳。'他的结论是：人也是一样，愈朴素单纯的人，愈有内在的芳香。"

在这篇文章里，他并没有对白花有所特指，但我心中第一个浮现的白花，居然就是栀子，纯白的，甜美芬芳的栀子。

芳香柔软的栀子花开了，意味着初夏时分的到来，于是，栀子花成为了青春的象征。在安妮宝贝的文章中，栀子经常被提到，它就像她笔下那些"眼睛漆黑明亮"的少女一样，散发着新鲜而芬芳的味道。

"有朵篸瓶子，无风忽鼻端。"栀子花的芳香真真可称得上馥郁。不用清风徐来，花香自盈了满室。香得那样甜美，那样恣意，如同满捧满捧明亮的阳光。因其甜美馥郁，栀子花也经常被用来作为初恋的代名词。何炅的《栀子花开》，歌词写得清雅，如浅淡芬芳，萦绕心间："难舍的你，害羞的女孩，就像一阵清香，萦绕在我心头。"刘若英的《后来》中也有提到栀子花："栀子花，白花瓣，落在我蓝色百褶裙上……"曾是最爱的歌词，令人想起，栀子花中所深藏的少年心事，与一去不返的青春。

栀子花是属于山野的植物，不事张扬而满身灵气，便如《雨过山村》所描写的那样："妇姑相唤浴蚕去，闲看中庭栀子花。"笔触极淡，疏疏朗朗地勾画出山村闲适宁静的生活。最妙是一个"闲"字，令人浮想联翩。

如果妇姑不是"相唤浴蚕去"，肯定会是在中庭的栀子花旁轻悄谈笑，或簪花，或插瓶。无数旖旎的心事，婉转在诗外的意境之中，却是蕴有浓郁的生活气息。

李商隐的《河内》诗中有"栀子交加香蓼繁，停辛伫苦留待君。"栀子和香蓼也似有情，不畏艰辛地开放，开放得那样芬芳，似乎在守候观望着行人。在诗人笔下，栀子花怕是百花之中最解语，最富有人情味儿的花儿了吧。

韩愈的《山石》中曾有句："升堂坐阶新雨足，芭蕉叶大栀子肥。"干净利落的笔法，空山新雨之后的清新之景，足以怡情畅怀。诗人笔下，那丰盈的新鲜栀子，水灵灵地泛着健康的光泽，在碧绿芭蕉叶的衬托下，越发鲜嫩。

杨万里写栀子花，却是另辟蹊径，他看到了栀子花的孤傲洁净："孤姿妍外净，幽馥暑中寒。"幽居于山谷中的栀子花，芳姿翩然，冰清玉净，幽香馥郁，让人闻之暑意顿消，小小一枝栀子，也隐然有了隐士之风。不吵不闹不炫耀，也不需要别人知道，安安静静做自己就好。

而在大多数文人墨客的笔下，栀子花甜美可亲，如清秀可爱的邻家少女，喜欢笑着看人，你说什么她都理解，你说什么她都包容。平凡简单，但温暖亲切，始终淡淡的，却让人心中芬芳不断。

栀子花又如同柔嫩纤弱的少女，并不美丽，可是生动。心里藏着很多秘密，却只是低头抿唇，微笑蔓延。安静不起眼，却是不由自主地被她吸引。

还记得小时候读过一首小诗，在小小的一本杂志上，是个十四五岁的女孩子写的，却是一直记得："我只愿 / 在院子里 / 种满栀子 / 让风 / 吹动香魂 / 在窗外飘动。"女孩想象这样每晚枕着那馥郁芬芳酣然入睡，直到弹指间出落成婷婷美人。

栀子花的花语也是朴素而动人的，"喜悦"，欢欣喜悦，就在最平凡的生活中，就在暮色里一蔬一饭的相守中，幸福本来平凡简单，伸手可握。

栀子花的另一个花语是感恩，以真诚待人，只要别人对你有少许和善，你便报以心的感激。

栀子花，就是这样，平凡温暖，而能让人怦然心动的花。

无端星月浸窗纱

宋代杜耒写有一首《寒夜》："寒夜客来茶当酒，竹炉汤沸火初红。寻常一样窗前月，才有梅花便不同。"

"寒夜客来茶当酒"，寒冷的夜，有客前来，忙煮茶当酒。"竹炉汤沸火初红"，写得格外温馨，刚刚烧起了水，竹炉里水开了，红色的火焰跳跃。主人和客人都手捧了一杯醇香的热茶，一边喝茶一边说话。屋外冷意侵人，屋内却是温煦如春。窗外，月亮和平常一样，并没有什么特别的，可是斜斜横过一支初开的梅花，意味可就大不一样了。

窗前明月，煮茶当酒，梅影横窗，幽香阵阵。好友二三，举杯畅饮，谈古论今，真是风雅。

淡淡的情景，淡淡的话语，情谊却浓得化不开。

纵使身居富贵，手握重权，有什么，能比得过，那寒夜的一碗暖心的热茶，那雪地的一杯新醅的绿酒呢？真正相知相交的友谊，其实很简单。

王维的杂诗（其二）是极清淡的一首小诗，纯用白描，笔墨简洁，心意却深沉。只淡淡一句："来日绮窗前，寒梅著花未？"对故乡之思，霎时便浸透了窗前寒梅的幽幽冷香。

如话家常，浅近生动。

南朝梁时诗人陆凯率兵南征度梅岭时，正值岭梅怒放，他立马北望，想起了远在陇头的好友范晔，于是折下一枝带着早春气息的梅花，并赋诗一首，让梅花，带去自己的祝福与思念："江南无所有，聊赠一枝春。"

朴朴素素，却蕴含了说不尽的温馨隽永之意，而朋友间的情意，全在这"一枝春"中，无需更多话语。

高适在《塞上听吹笛》中写道："雪净胡天牧马还，月明羌笛戍楼间。借问梅花何处落，风吹一夜满关山。"那是冰天雪地之中，赶着马群归来，明月正投射着幽幽清辉，苍茫夜色之中，不知道是谁吹起了羌笛，正是一曲《梅花落》。风吹送着笛音，仿佛飘洒的落梅一般，一夜之间声满关山。

运用了通感，把梅花落的笛声比喻成片片凋落的梅花，想象它一夜之间随风撒满关塞山河，想象奇特瑰丽。

月明雪净，笛声满山。虽是思乡，却意境开阔，毫不萎靡。

李清照也极爱梅，咏梅词很多。最爱她一首《渔家傲》："雪里已知春信至，寒梅点缀琼枝腻。香脸半开娇旖旎，当庭际，玉人浴出新妆洗。造化可能偏有意，故教明月玲珑地。共赏金尊沉绿蚁，莫辞醉，此花不与群花比。"

这是李清照在新婚期间所写的一首咏梅词。新婚燕尔，花好月圆，清甜香浓。这首词也写得轻灵柔美，光华璀璨如琥珀一般，沉淀了所有的喜悦欢欣。

这首词，银色的月光，金色的酒樽，淡绿的酒，晶莹的梅织成了一幅画，写得如梦如幻，空灵优美。

极具古典意味的一幅画，一枝斜斜逸出的梅花，挑着一轮皎皎明月。

对月独酌，就着洁净的梅香与清寒月色下酒，何等清丽，何等旖旎！

赵长卿的一首《阮郎归》，题为客中见梅。词的意蕴是以梅花象征客子，词的主旨在题目藏而不露。"无端星月浸窗纱。一枝寒影斜。"榻上辗转难眠，忽而见到那浸透了星光月色的窗纱之上，映现出一枝梅花横斜的瘦影。只觉"清绝，十分绝，孤标难细说"。

贺铸的《浣溪沙》中有"楼角初消一缕霞，淡黄杨柳暗栖鸦，玉人和月摘梅花。""玉人和月摘梅花"是宋词中的绝美之句，令人想起"记得那人，和月折梨花"，前者清冷幽美，后者缥缈梦幻。

曹组在《蓦山溪·洗妆真态》中写："月边疏影，梦到销魂处。"这梅花，洗尽铅华呈素姿，清冷孤芳。李攀龙在《草堂诗余集》中说："白玉为骨冰为魂，耿耿独与参黄昏。其国色天香，方之佳人，幽趣何如？"

林徽因在《静坐》中写道：^

寒冷像花，——
花有花香，冬有回忆一把。^

安静而清美。曾见徽因中年时留影，轮廓中仍有少女昔日的清丽，侧面优美，便如月下雪地里一枝旁逸斜出的娟秀梅花。

柳宗元在《龙城录》中写了一个关于梅花的传说："隋开皇中，赵师雄迁罗浮。一日，天寒日暮，在醉醒间，因憩仆车于松林间酒肆旁舍。见一女人，淡妆素服，出迓师雄。时已昏黑，残雪对月色微明，师雄喜之，与之语，但觉芳香袭人，语言极清丽。因与之扣酒家门，得数杯，相与饮。少顷，有一绿衣童来，笑歌戏舞，亦自可观。顷醉寝，师雄亦懵然，但觉风寒相袭。久之，时东方已白。师雄起视，乃在大梅树下，上有翠羽啾嘈相顾，月落参横，但惆怅而已。"

这里说的是隋朝开皇年间，赵师雄夜里梦见与一位淡淡妆儿，装束也朴素的女子一起对着月色和残雪饮酒，只觉这位女子芳香袭人，言语也清丽，饮了几杯之后，又来了一位绿衣童子，在一旁欢歌笑语。天将发亮时，赵师雄醒来，却发现自己睡在一棵大梅花树下，树上有翠鸟在鸣叫。原来梦中的女子就是梅花树，绿衣童子就是翠鸟，这时，月亮已经落下，天上的星星也已横斜，赵师雄独自一人惆怅不已。

　　飘忽瑰艳的传说，令人读之有微醺之意，恍若有幽幽冷香自字里行间隐隐而来。此后梅花又有"罗浮仙子"的美名。

人淡如菊

极喜欢"人淡如菊"这个词，仿佛能看到一个清瘦的素衣少女，伫立在秋风之中，身畔是数枝黄菊，神色淡淡，却是秀雅难言。

"人淡如菊"这个词出自唐代司空图的《二十四诗品》中的《典雅》："玉壶买春，赏雨茅屋，坐中佳士，左右修竹，白云初晴，幽鸟相逐，眠琴绿荫，上有飞瀑。落花无言，人淡如菊，书之岁华，其曰可读。"

落花无言，人淡如菊。读到这样的句子，再浮躁的心也会瞬时安静下来。古人诗品词论，也写得美不胜收。

林徽因曾经说："真正的平静，不是避开车马喧嚣，而是在心中修篱种菊。"十六岁的她，被父亲带出国门，来到了欧洲。书香门第，穿着古典的旗袍静静徜徉在剑桥的绿茵之上，像是一朵倔强的，美丽的，在风中轻轻摇曳，星光下的小雏菊。后来她长大了，拥有了绝不平凡的人生。

《红楼梦》中开诗社，以菊为题，极多佳句，如"空篱旧圃秋无迹，瘦月清霜梦有知。""萧疏篱畔科头坐，清冷香中抱膝吟。""隔座香分三径露，抛书人对一枝秋。""毫端蕴秀临霜写，口齿噙香对月吟。"等。而黛玉力压群芳《咏菊》第一，《问菊》第二，《菊梦》第三，题目新，诗也新，立意更新。黛玉之所以夺冠菊花诗，也是因为她的气质、风格与菊花隐隐相契。

菊花也是隐士的象征。兰是山中高士，孤傲清雅；菊则平和冲淡，多了几分宽容。陶渊明的田园诗恬淡,而其中深藏着生命的大境界,不慕名利,遗世独立。他最著名的诗句莫过于"采菊东篱下,悠然见南山。"出自《饮酒》,全诗都极冲淡清远。如佳句天成,妙手偶得而已。那一种洒脱与隽永,灵动与含蓄,如一缕幽幽菊香,萦绕心间。

而这首诗则是刚烈,"怀此贞秀姿,卓为霜下杰。"林畔菊花与石上松树,以贞静秀丽之姿,凌霜斗寒,可谓杰出。气势凛然,如出鞘之龙泉宝剑,让人一下睁不开眼。也许是因为这个原因,这首诗的流传并不如"采菊东篱下"那样广。中国古人作诗,向来推崇的是"温柔敦厚"的笔调。

菊花也是可以食用的。远在春秋战国时期,长江中下游及江淮楚地之人就有食花的习俗。菊花瓣久食还有延年益寿的功效。唐朝大文学家元结更指出:"菊在药品是良药,在蔬菜是佳蔬。"西晋傅弦《菊赋》:"服之者长寿,食之者神通。"

梅尧巨《残菊》:"零落黄金蕊,虽枯不改香。深丛隐孤芳,犹得奉清觞。"菊花即使枯萎了,仍然芬芳弥漫,那深藏在枝叶间的花朵还能用来造清醇的菊花酒呢。《西京杂记》记载:"菊花舒时,并采茎叶。杂黍米酿之。至来年九月九日始熟,就饮焉,故谓之菊花酒。"

山寺月中寻桂子

桂花清远，连那香味也脱俗。甜美却清新。如同二八年华的少女，青春逼人，一笑梨涡浅现，天真的模样。

白居易的三首《忆江南》，其中一篇就写到了桂子："江南忆，最忆是杭州。山寺月中寻桂子，郡亭枕上看潮头。何日更重游？"在深山古寺中仰头望月，看是否有桂子的清影从月中坠落。而身畔桂花的香气已浸透衣袖了。如此清朗通透之景，令人如何能忘怀呢？所以，他才深深怀念，并感叹道："何日更重游？"

当代散文家朱千华在《南方草木札记》中，写自己走在桂花丛中的感受。走走停停，嗅嗅花香。如此情境，即便身处芸芸俗世，什么功名，什么利禄皆可抛忘，情愿这样闲闲淡淡过每一天。浓浓的桂花，香透了这个春天的早晨，又醺醉了树下的多少行人。

桂花是制造糖果、糕点的上等原料。桂花糕，甜美清香，是关于江南的童年记忆。在第三十七回《秋爽斋偶结海棠社蘅芜苑夜拟菊花题》里，就曾提过用桂花做的桂花糖蒸新栗粉糕。

关于桂花的美食还有很多，如桂花酿、桂花羹、桂花糕、桂花甜藕、清蒸桂花鲈、桂花莲子羹、桂花肉、窨制桂花茶、酿桂花酒、桂花芙蓉虾、桂花山药、酒酿桂花圆子。任何食品，只要有"桂花"二字，立刻就变得甜美和精致起来。

特别喜欢吃一种桂花麻仁汤圆,雪白的汤圆上点缀着几簇金黄的桂子。那么一缕甜幽幽的香气,未尝人已醉。

桂花的香气浓郁,有香飘十里之称。柳永词称:"有三秋桂子,十里荷花。"江南明丽之景,宛若就在眼前。桂花香气和其他花香不同,清远馥郁而让人通体舒泰。因此古代文人歌咏桂花香气的诗词很多,最著名的有宋之问的"桂子月中落,天香云外飘",将桂花香气直接比拟为天香。

品尝桂花糕,喝着桂花茶,感觉此时无可比拟的美好。正是素年锦时。禁不住想起了苏轼那首逍遥的词:

几时归去,做个闲人,对一壶酒、一张琴、一溪云。

空谷幽兰

在中国古典文学中，兰花是隐士与君子的象征，被列为中国十大名花之首。高洁的兰花向来只生存在人迹罕至的深山大林中，婉转芳华，自在芬芳。

孔子爱兰，曾说："芷兰生幽谷，不以无人而不芳，君子修道立德，不为穷困而改节。"据记载，孔子周游各国，却没有一个诸侯国的国君采纳他的见解和主张，郁郁不得志，过隐谷之中，见芳兰独茂，譬犹贤者不逢时，与鄙夫为伦也，喟然叹曰："兰当为王者得，今乃与众草为伍。"乃止车，援琴鼓之云："习习谷风，以阴以雨。之子于归，远送于野。何彼苍天，不得其所。逍遥九州，无所定处。时人暗蔽，不知贤者。年纪逝迈，一身将老。"

这就是孔子所写下的《猗兰操》。"猗"在这里是叹词，表示赞美；"操"，指琴曲名及演奏方法。读着这首诗，只觉襟怀清澈。

在屈原的《楚辞》之中，香草美人成了士大夫高洁的象征。他以此寄情托意，明志自勉。这里的香草，兰花当然是最重要的。

《湘君》里的"薜荔柏兮蕙绸，荪桡兮兰旌"，《湘夫人》里的"白玉兮为镇，疏石兰兮为芳"，《九歌》中更是赞道："秋兰兮麋芜，罗生兮堂下。

绿叶兮素枝，芳菲菲兮袭余。秋兰兮青青，绿叶兮紫茎。余既滋兰之九畹，又树蕙之百亩。""秋兰兮青青，绿叶兮紫茎。满堂兮美人，忽独与余兮目成。"

在飘忽瑰艳的楚辞中，兰花遗世而独立，孤傲而冰洁，绰约风姿。而"纫秋兰以为佩"，则让兰草不仅仅只是让人远观欣赏的草木，它还成了一个人立世的一种格调和追求。

后世很多人，都学习了楚辞中美人香草的比兴手法，以兰来寄托自己高洁的志向与爱国之心。汉代王逸《离骚序》中有："《离骚》之文，依《诗》取兴，引类譬谕，故善鸟、香草、以配忠贞，……灵修、美人，以譬于君。"

中国隐逸之宗陶渊明除了爱菊，也极爱兰，他所写的《幽兰》，一如他写菊一般淡雅清新，但是却没有了写菊时的恬然。如果菊花是陶渊明精神所寄托的田园生活，那么兰花是陶渊明从来没有消逝过的政治理想。他是士大夫出身，"猛志故常在"，他一直在"含薰待清风"。

晚明画家孙克弘擅长画兰花，他也有一首玲珑清隽的《兰花》诗道："空谷有佳人，倏然抱幽独。东风时拂之，香芬远弥馥。"兰花之芬芳远弥，正象征着自己的志向远大。

明代诗人李日华《兰花二首》中的这一首诗，把兰香的特色写得细腻入微："鼻端触着成消受，着意寻香又不香。"兰花的香气缥缈清幽，清香时有时无，时隐时现。当用力去闻，着力去寻时，反而感受不到兰花的芬芳。而静下心来，心平气和时，兰花的幽香便能浸润心灵。这首诗隐隐含有禅意。

古人推崇的君子高士，往往是不张扬，不狂傲，不盛气凌人，不乖戾霸道。正所谓："谦谦君子，有如温玉。"一派平淡谦和，清幽雅致之气。而兰花的芬芳温文尔雅，便如温润如玉的君子，如果你不仔细的话，甚至会忘了她的存在，正如余同麓《咏兰》中第一首诗所说："手培兰蕊两三栽，日暖风和次第开。坐久不知香在室，推窗时有蝶飞来。"

"坐久不知香在室"，虽然似乎忘了兰香的存在，但是在不知不觉中，室中所坐之人身心却都沾染了兰花的香气。

曾经有一首轻快的校园歌谣:"我从山中来,带着兰花草。种在小园中,希望花开早。一日看三回,看得花时过。兰花却依然,苞也无一个。转眼秋天到,移兰入暖房。朝朝频顾惜,夜夜不能忘。期盼春花开,能将夙愿偿。满庭花处处,飘来许多香。"也是颂扬兰花的高洁,却是小儿女欢快活泼的心思,给清绝的兰花平添了几分人间烟火的温馨。

黄昏只对梨花

梨花清淡，秀美，如同不食人间烟火的清丽女子。"寂寂梨花，淡淡其华，轻轻飘散，随风入画。"

丘处机曾有一首词咏梨花《无俗念·灵虚宫梨花词》："静夜沉沉，浮光霭霭，冷浸溶溶月。"用的是念奴娇的词调，因为他是道士身份，是故词名不用念奴娇，改作：无俗念。在这首诗中，梨花如同素衣女子，身段窈窕，缥缈如仙。

宋代著名才女朱淑真所道："梨花细雨黄昏后，不是愁人也断肠！"又说："不忍卷帘看，寂寞梨花落。"朱淑真与李清照齐名，幼颖慧，博通经史，能文善画，精晓音律，尤工诗词。这样一个才貌双全的女子，却没能等到自己的如意郎君，而由父母做主，嫁与一个不懂风花雪月的小吏。朱淑真深闺寂寞，看那梨花片片凋落，如同自己的心。

纳兰容若在《虞美人》中写，"春情只到梨花薄，片片催零落"，又在《金缕曲》中写道"燕子楼空弦索冷，任梨花、落尽无人管"。他在《清平乐》中又一次写到了黄昏中的梨花："从此伤春伤别，黄昏只对梨花。"在他笔下，梨花在暗夜飘然而落，是为伤心之花。

白居易的《长恨歌》中形容杨贵妃的模样就是："风吹仙袂飘飘举，犹似霓裳羽衣舞。玉容寂寞泪阑干，梨花一枝春带雨……"后来"梨花带雨"

一词，就专门用来形容美女哭泣的样子。苏东坡曾有词曰："故将别语恼佳人，要看梨花枝上雨。"

周晋乘着小舟去拜访好友，舟经之处，飘着絮影，沁着蘋香，在牟家花园，他刚提起笔来，梨花纷落如雨："未成新句，一砚梨花雨。"提笔欲写，却发现砚台上落满了清寒的梨花。此情此景，已是一首雅韵天成的诗。

谢逸看到的月下梨花，是"画楼朱户玉人家，帘外一眉新月，浸梨花"。帘外一弯新月似眉，浸着玲珑雪净的梨花。晏殊的"梨花院落溶溶月，柳絮池塘淡淡风"，也是雅静闲适的士大夫之风。

周紫芝见那"昏楼阁乱栖鸦"，心绪不宁，走出阁楼，却于天末淡微霞下，看见"风里一池杨柳，月边满树梨花"的清灵之景，于是，心也如梨花一样开了，芬芳四溢。

"一树梨花一溪月。"那是旧山的景色、故乡的花。故乡的梨花，虽然没有娇娆富贵之态，却纯朴亲切，在饱经世态炎凉者的心目中会得到不同寻常的珍视。虽然只是"一树"，却幽雅高洁，具备一种静美。尤其在皎洁的月光之下，在潺湲小溪的伴奏之中，那一树梨花简直像缥缈的仙子一样可爱。晶莹月色仿佛可掬可捧。

南宋写陈龙川有一首《虞美人·春愁》，喜欢最后一句："记得那人，和月折梨花。"在暮春风雨中，于黄昏的庭院里，皎洁月光下，摘下一枝洁白雅致的梨花的人，是怎样温润如玉的情怀呢？忧伤和惆怅却是如此轻盈，仿佛羽毛般可以托在掌心，轻轻一吹，便失了痕迹。

宋代陈克《豆叶黄》中有"月胧胧，一树梨花细雨中"，朦胧月夜下，细润的雨丝轻柔滴落在梨花皎洁如明月的花瓣上，如美人轻颦，令人心醉。

还有一首小词很喜欢，是陈维崧的《喝火令·偶忆》："而今庭院隔天涯，记得沿街一树粉梨花，记得花阴微露，几扇绿窗纱。"这句子美得令人惊艳。那沿街一树粉梨花，是关于过往的温暖记忆，关于人世的沧桑见证。

一花两色浅深红

最开始玫瑰是指玉石类，玫、瑰本义都是美玉的意思。司马相如在《子虚赋》中写道："臣闻楚有七泽，尝见其一……名曰云梦……其石则赤玉玫瑰。"诗经中也曾写有："何以赠之，琼瑰玉佩。"琼瑰是指美玉，瑰室则是指玉石砌成的房子。

玫瑰作为植物花名出现，最早见于西汉的《西京杂记》记载"乐游苑中有自生玫瑰树"。

作家张晓风曾满怀爱意地写给女儿诗诗，要给她"许多的爱，许多的书，许多的理想和梦幻"。要为她"砌一座故事里的玫瑰花床"，她"便在那柔软的花瓣上游戏和休息"。

古典诗词中，关于玫瑰的并不多，写得也较为浅显，多为游戏之作，不如梅花等能让文人墨客起知己之感。虽然玫瑰在西方有特殊的地位。但是在中国古代，并不为人所看重。

杨万里写的这首《红玫瑰》写得极为生动，可谓是古代诗词中写玫瑰的最为脍炙人口的一首。"接叶连枝干万绿，一花两色浅深红。"那玫瑰的枝叶，碧绿欲滴，花开两色，深红如深闺贵妇，浅红如邻家少女，各有韵致。"风流各自胭脂格，雨露何私造化工。别有国香收不得，诗人熏入水池中。"玫瑰自然生成一段风流姿态，是造化雨露之功。玫瑰国色天香，其香如醇酒，把诗人都香得熏入水池中去了。杨万里对玫瑰是真心喜欢，笔下也不禁带了一缕戏谑的夸张。

"非关月季姓名同，不与蔷薇谱牒通。"其实，玫瑰与月季、蔷薇是虽然同样属于蔷薇科，外形相似，但三者是有细微区别的，玫瑰和月季为直立灌木，而蔷薇则是蔓性的，枝多细长而下垂。西方则统称蔷薇科的花为"rose"，中文就译为玫瑰。西方还把月季称为中国玫瑰（Chinese rose）。

博尔赫斯在他的一篇随笔《黄玫瑰》里写道："马里诺看见那玫瑰，如同亚当在乐园里初次看见它，并且感到它是在它的永恒之中，而不是在他的词语里，感到我们只能够提及或暗示而不能够表达……这启示之光在马里诺死去的前夜照临了他，或许也曾照临过荷马和但丁。"玫瑰，是美和梦想，还有爱情的化身，玫瑰与时光同在。

蒲宁笔下的玫瑰，如绝美女子，风姿嫣然："玫瑰却低下了／它那疲倦的花冠／显得无力而娇艳／仿佛一双热情奔放的眸子／透过泪水嫣然微笑。"

苏格兰民族吟游诗人罗伯特彭斯写道："啊。我的爱人像一朵红红的玫瑰，六月里迎风初开"；"愿我的爱是那红色的玫瑰，我自己却是一点露水，它在城堡的墙上生长，我落在它的美妙胸膛"。

世界著名童话《小王子》里的那朵玫瑰，是作者对妻子心中最温柔的念想，那段文字让人的心不经意间就轻轻动了一丝温柔："我的那朵玫瑰。别人会以为她和你们一样。但她单独一朵就胜过你们全部，因为她是我浇灌的。因为她是我放在花罩中的。因为她是我用屏风保护起来的。因为她身上的毛毛虫是我除掉的。因为我倾听过她的哀怨，她的吹嘘，有时甚至是她的沉默。因为她是我的玫瑰。"

文中小王子的那朵自负而任性的玫瑰乃基于作者的萨尔瓦多籍妻子康斯薇洛·德·圣-埃克苏佩里，尽管两人的婚姻并不圆满，他仍在内心深处深深地爱着她："是你对你的玫瑰所付出的时间，才使你的玫瑰变得重要。"

"这就像花一样。如果你爱上了一朵生长在一颗星星上的花，那么夜间，你看着天空就感到甜蜜愉快。所有的星星上都好像开着花。"

淡荡疑生罗袜尘

　　水仙，水中之仙，仅这名字就有袅袅仙气。水仙只用清水供养而不需土壤来培植，加上适当的光照和温度就能长得生机盎然，一直让我非常喜欢。

　　水仙花主要有两个品种：一是单瓣，花冠色青白，花萼黄色，中间有金色的冠，形如盏状，花味清香，所以叫"玉台金盏"；另一种是重瓣，花瓣十余片卷成一簇，花冠下端轻黄而上端淡白，没有明显的副冠，名为"百叶水仙"或称"玉玲珑"。

　　古诗词中，关于水仙的也不少。"花似金杯荐玉盘，炯然光照一庭寒。世间复有云梯子，献与嫦娥月里看。"一直以来，写水仙特别凸显一个"寒"字，这样清绝的水仙花，也只有月中的嫦娥的纤纤素手轻轻拈来，方能显示其冰清丽姿。

　　"泮兰沅芷若为邻，淡荡疑生罗袜尘。昨夜月明川上立，不知解佩赠何人？"水仙与泮兰沅芷这些香草为邻，如同罗袜生尘的凌波仙子，夜晚的明月之下，于水边亭亭而立，是在想着把玉佩相赠给谁？

　　思念情郎的清丽少女，多了些人情味儿，不食人间烟火的仙子，因为多了牵挂和眷念，而显得玲珑剔透。

　　"岁华摇落物萧然，一种清风绝可怜。"水仙的楚楚风致，令人见而忘忧。

元代赵孟𫖯也写过一首《江城子赋水仙》。"肌绰约态天然。淡无言。"水仙冰清玉洁，一派天然，默默无语，甘于淡泊，并不与凡花争芳斗妍，只独自散发淡淡幽香。正是词人心中所想。"罗袜凌波归去晚，风袅袅，月娟娟。"元代邵亨贞也在一首《江城子·水仙》中写道："憺忘言，净洗明妆，不与世争妍。"水仙洗尽铅华，素淡雅洁，与世无争的平和冲淡之态度，极得词人之心。

在西方神话里，美少年纳西索斯是希腊最俊美的男子，无数的少女在见到他后都会情不自禁地爱上他，可自恋的他却孤傲地拒绝了所有的人。这当中包括美丽的山中仙女伊可。伊可十分伤心，很快憔悴而死，只剩下忧郁的声音在山谷中回荡。此后，希腊人便用伊可的名字（Echo）来表示"回声"。台湾作家三毛的英文名字就是 Echo。

众神愤怒了，决定让纳西索斯去承受痛苦：爱上别人，却不能以被爱作为回报。于是他深深迷上了水中自己的倒影里而无法自持，最后选择跃入水中与自己的影像结合，死后化身为水中的一株水仙花，清幽美丽。水仙的英文名即叫作 Narcissus，也是自恋的意思。

席慕蓉曾经写过这样一段话："心里知道，在那个角落，有一种安静而又细致的幸福正在慢慢酝酿。喜欢这一种时刻，知道生命除了外表的喧闹与不安之外，在内里还有一种安静和慎重的成长，不会因为时日的推移而消失，就好像这水仙淡淡的清芬一样。"水仙的淡雅清净，高雅飘逸，不流于俗，简单平和，我自逍遥，也是另一种处世的成熟。

桃之夭夭

《诗经》中有云："桃之夭夭，灼灼其华。"桃花是家世兴旺的象征。总是有俗世里喜气洋洋的感觉，那一份人间烟火的安馨，让人心神温暖。新嫁娘美如桃花，而又品性纯良，嫁过去一定很合适这个家庭，而这家庭也因她而更加和美。朴素的赞美，淡淡叙来，却蕴藏着一份由衷的祝福。

北宋黄庭坚写有一首《寄黄几复》"桃李春风一杯酒，江湖夜雨十年灯"与王荆公诗句中"草草杯盘供语笑，昏昏灯火话平生"一联老友重聚的亲切不同，黄庭坚这首诗里，记忆中桃李春风的明艳与现在江湖夜雨的凄冷之对比，人事变更，物是人非，无尽苍凉。

桃花开时云蒸霞蔚，满含春意。古人说："草之晶在花，桃花于春，菊花于秋，莲花于夏，梅花于冬。四时之花，臭色高下不齐，其配于人也亦然。潘岳似桃，陶元亮似菊，周元公似莲，林和靖似梅……"将桃花和春意紧密地联系在一起。

唐代戴叔伦诗《兰溪棹歌》中有句："兰溪三日桃花雨，半夜鲤鱼来上滩。"桃花雨中鲤鱼跳跃，渔人如何之欢喜呢？

又比如张志和的《渔歌子》"桃花流水鳜鱼肥"，虽是隐士之歌，可是想象着那流水之上漂浮着点点胭脂一般的桃花，清澈水面看得到那鳜鱼的悄悄游动，那一份旖旎欢快的春景。因此这一曲十分清新自在。

杜甫是内心温柔的男人，他写了不少关于桃花的诗："短短桃花临水岸，轻轻柳絮点人衣。""红入桃花嫩，青归柳叶新。"在他笔下，那桃花如同十六岁少女的面庞，娇美可人，容光焕发。

李白诗中写"桃花带露浓"，明明是最平常语，却是让人好一阵心旌摇曳，满心芬芳，如饮了一口春日新酿的醇酒。

宋代刘辰翁写有《山花子》："小小桃花三两处，得人怜。"桃花便如同意中人的化身，那难舍难分的神情，令人怜惜。既点出眼前之景，又道出心中之情。

另一首词中，苏轼也写道："桃花香，李花香。浅白深红，一一斗新妆。"

宋代徐俯写有《春游湖》，十分清新别致："双飞燕子几时回，夹岸桃花蘸水开。"前人认为"蘸"字用的尖新小巧，恰如其分地表现了桃花依水的状态。桃花拂着水面带水开放，碧水红花，明丽动人。

李煜曾有一首词，羡慕江上的渔翁："浪花有意千里雪，桃花无言一队春。一壶酒，一竿身，快活如侬有几人。"潘安曾在所辖县里遍种桃花，有道是"河阳一县花"，然而，他们都深陷于政治的旋涡之中，一个成为亡国之君，一个成为东市之鬼，再也没有心情从容地欣赏桃花了。

李白在《春夜宴从弟桃花园序》中说得好："夫天地者，万物之逆旅也；光阴者，百代之过客也。而浮生若梦，为欢几何？古人秉烛夜游，良有以也。况阳春召我以烟景，大块假我以文章。会桃花之芳园，序天伦之乐事……"

晋代陶渊明《桃花源记》中有"忽逢桃花林，夹岸数百步，中无杂树，芳草鲜美，落英缤纷"。尔后神奇幽眇的境遇徐徐展开，"世外桃源"成为了中国人灵魂中对理想国度永恒的向往。

王维的《桃源》里也有"春来便是桃花水，不辨仙源何处寻"。只觉"春来便是桃花水"美极清极，碧水之上的粉色桃花，"落花流水春去也"，这里的落花，应该也就是指桃花吧。

　　王维写《桃源》的时候才十九岁，诗中景色新妍鲜丽，令人悠然忘忧，与后来的恬淡冲和大不一样。题材取自陶渊明的叙事散文《桃花源记》，却让人耳目一新，得以与散文《桃花源记》并世流传。

　　金庸的《射雕英雄传》中对黄药师所隐居的桃花岛的描写，也禁不住让人悠然神往，好个神仙洞府般的世外桃源。

庭下丁香千结

丁香也是夏季开放的花儿，细小的十字小白花、紫花、黄花，一簇一簇的。小小的花苞，圆圆的，鼓鼓的，恰似衣襟上的盘花扣，这就是"丁香结"。

自唐宋以来，以丁香花含苞不放比喻愁思郁结难以排解。赵长卿写"丁香枝上千千结。怨惹相思切。"柳永有"要识愁肠，但看丁香树，渐结尽春梢。"毛文锡有"偏怨别，是芳节，庭下丁香千结。"

南宋王十朋写过一篇《点绛唇·素香丁香》："落木萧萧，琉璃叶下琼葩吐。素香柔树。雅称幽人趣。无意争先，梅蕊休相妒。含春雨，结愁千绪。似忆江南主。"

词题则点明，丁香是一缕素香，极淡极静，如同一名文雅娴静的女子。无意与梅蕊争先，而是有一种与众不同的幽人志向。春雨中丁香含愁而立，似在思念故主。桂花也宛若恬静少女，但两者不同的是，桂花温婉平和，如邻家小妹。而丁香雅洁安闲，如神秘的陌生女郎。

清代陈至言有一天在自家的庭院中漫步小院之东，几树如同琼瑶般的丁香亭亭而立；像是素雅女子依傍着帘栊，娇羞默默。那已经开放的丁香花，如一串串玲珑的雪，微风吹动花瓣，发出簌簌的声音，幽香阵阵。那素雅的丁香花，就像刚刚打开梳妆匣，轻轻敷上淡粉的姑娘，又像细细打扮之后，容光焕发的美女，最可爱的是千万丁香花结一朝灿烂开放，恍若美玉生晕。于是他写下了一篇《咏白丁香花》："冷垂串串玲珑雪，香送幽幽露簌风。"以喜悦之心，写寻常之景，如工笔画一般细细描摹丁香素净雅致之美，花香在畔，岁月静好。

王国维怀念他早逝的妻子。虽知相思无益，却难遣难弃，梦中仍见到了那个心心念念之人。醒来之后，梦中楼台还隐约可见，明明灭灭。抬头看西窗上月色如洗，庭院中丁香如雪。"西窗白，纷纷凉月，一院丁香雪。"意境悲凉，却通透，将孤寂惆怅融于凉月丁香之中，情景交融，余韵悠长。

戴望舒《雨巷》在诗的最后："她静默地远了／远了／到了颓圮的篱墙／走尽这雨巷。"无可奈何花落去，似曾相识燕归来，那一缕忧伤与惆怅，不绝于缕。诗人也因此被人称为"雨巷诗人"。

那神秘、忧郁的女子，是诗人的理想的化身，是美的凝聚体，同时具备了灵性与神性。像梦一样地来，又像梦一样地走了，徒留芬芳弥漫。

爱情与梦想，求而不得时是最美丽的。

杏花疏影

"杏花疏影里,吹笛到天明。"初次读到这样的诗句,只觉似有馥郁花香扑面而来,清美难言,却隐藏着一份不易察觉的倔强。

漫天的杏花,小小的花瓣,如同新雪,皎洁月色下轻轻飘洒。心中似有千言万语,却不知如何倾诉。风露中伫立良久,终于缓缓取出一支青碧的竹笛,一缕笛音,悠悠而起。

有多少话语溶进那幽幽的杏花香气中。又有多少心思浸润了那悠悠的笛音。

一切尽在不言中。

只笛音清亮,暗香浮动。

杏花有香,但不以香称胜,而花色却颇有特点,古代文学对此着意较多。杏花"二月开,未开色纯红,开时色白微带红,至落则纯白矣"。杏花初开,如云霞,杏之被称为"红杏",主要指这一阶段。

杨基《梅杏桃李》也说:"只恐胭脂吹渐白,最怜春水能照红。"到了开阑将谢时,杏花又是一片纯白。如欧阳修《镇阳残杏》"残芳烂漫看更好,皓若春雪团枝繁"。

但杏花最值得称道的,是初放趋盛时那"白微带红",粉白中略带红晕的柔美色调,像二八少女的娇美面容。唐代吴融《杏花》:"粉薄红轻掩敛羞，花中占断得风流。"宋代杨万里《郡圃杏花》："才怜欲自仍红处，政是微开半吐时。"如同淡淡妆儿的美人儿。

杏花是春之象征。白居易《南湖早春》中有："点碎红山杏发，平铺新绿水蘋生。"杏花春雨，尽得江南之灵气。

唐代王维《送梓州李使君》："月落子规歇，满庭山杏花。"月下的杜鹃鸟不住啼叫，月光淡淡笼罩着庭院中的杏花。是薄微的离愁。

"沾衣欲湿杏花雨，吹面不寒杨柳风。"这宋代的老诗僧释志南把小船系在古树上，独自拄杖春游，那若有如无的细雨，那朦朦胧胧如烟雾一般的细雨，让老诗僧诗兴大发，仿佛信手拈来，成就了这一千古名句。细润烟雨，温煦春风，杏红柳绿，春意满怀。

"绿杨烟外晓寒轻，红杏枝头春意闹。"宋祁的《玉楼春》中，杏花是热热闹闹的春意。一"闹"字卓绝千古。宋代刘彤《临江仙》更是写得满目清新："满阶芳草绿，一片杏花香。"

温飞卿的《菩萨蛮》中有"雨后却斜阳，杏花零落香"。雨后的黄昏，杏花零落，斜阳残照，只有香气萦绕。王国维《人间词话附录》说："温飞卿《菩萨蛮》'雨后却斜阳，杏花零落香'，少游之'雨余芳草斜阳，杏花零落燕泥香'，虽自此脱胎，而实有出蓝之妙。"

唐朝戴叔伦写过一首《杂曲歌辞·新别离》："手把杏花枝，未曾经别离。黄昏掩闺后，寂寞心自知。"

轻轻折下一枝含苞待放的杏花，它娇艳新鲜，不知人间一切悲欢离别。而在黄昏中轻轻掩上闺门的女子，寂寞心事有谁知晓？

唐代王涯《春游曲》中有："万树江边杏，新开一夜风。满园深浅色，照在绿波中。"那江边满开杏花，风一吹，杏花花瓣漫天飞扬。那深深浅浅的花容花色，都映在江波之中。

宋代陆游在《临安春雨初霁》中有"小楼一夜听春雨，深巷明朝卖杏花"。那微雨中的杏花，还滚动着几滴水珠，被一只氤氲水汽般的纤纤素手拈起，同时伴着轻柔酥软的吴侬软语。本是客居京华，愁思满怀，幸好有这新鲜芬芳的杏花慰藉和温暖了茫然无措的心。

苏轼《月夜与客饮酒杏花下》"花间置酒清香发，争挽长条落香雪"，在花间放置着一壶酒，花落如雪，酒也浸透了花香。

据说新疆新源吐尔根有一处洒满阳光的天然野生杏花沟，走在这里，连呼吸都是花香。不由得神往。

满纸云烟荡书墨

曾经写过一篇校园小说，给里面的一位女孩子取名叫作书墨。自己很喜欢这个名字，书墨，书墨，轻唤这两个字，仿佛见到一位满浸书卷气的窈窕少女。

笔尖饱蘸浓墨而写，墨香氤氲在笔尖，淡淡的香气逸出，是一种古雅悠然的恬静。于是，纸上便渐渐浮现了，或是端庄秀丽的小楷，或是挥洒自如的行书，或是大开大合的狂草。

笔尖疾走，水墨在宣纸上晕开，墨汁淋漓，满纸云烟。

书墨中最著名的当属《兰亭集序》，也称《兰亭序》。晋代大书法家王羲之与友人以文会友，曲水流觞，大醉之后，随手拿起笔来，写下了这么一篇"天下第一行书"，笔意飞扬，真乃神笔。而他酒醒之后，再抓起笔蘸墨用心而写，却再也出不了那篇的神韵了。这妙手偶得的《兰亭序》，"从容娴和，气盛神凝"，便成了千古神品。

千年之后，周杰伦唱起了一首《兰亭序》："兰亭临帖，行书如行云流水。月下门推，心细如你脚步碎……"那墨香久久不散，便如爱情荡气回肠的滋味。

而在我自己，则特别喜欢簪花小楷，一笔一画，端秀隽永，似簪花的宫装女子，月下静立，眉目宛然。

　　簪花小楷传说是晋代书法家卫夫人所创，清灵婉约。晋人钟繇曾称颂卫夫人的书法，说："碎玉壶之冰，烂瑶台之月，宛然若树，穆若清风。"唐代韦续则曰："卫夫人书，如插花舞女，低昂芙蓉；又如美女登台，仙娥弄影；又若红莲映水，碧沼浮霞。"红楼梦中黛玉吟道："毫端蕴秀临霜写，口齿噙香对月吟。"又是何等风雅之事。

　　虽然也喜行草，却知道自己写不来。或许那行草更适合狂放不羁的男子，于月下小酌之后，乘着醉意，笔走龙蛇。而自己温静的性子，更适合于一碗读书灯下，细细地写着一些端秀灵动的文字。个人的字，都浸润着个人的风骨。是学不来，亦是强求不来的。

　　写好一版小楷，心中欢喜，放下笔来，轻轻将之放在桌上，等着晾干。风吹过来，吹过鬓旁的发丝，闻到淡淡的墨香，心中忽然觉得很宁静，很满足。仿佛雨天赏荷，雪日看竹，胸腹间皆是清朗之气。

　　想起台湾学者林文月的一首七言诗："情怀只合自家知，说与旁人枉费辞。惆怅归来清漏水，自研残墨写新诗。"

　　夜深人静之时，便铺开一张雪白宣纸，笔尖蘸满浓墨，静静写着。

　　就与这书墨一同终老吧。但觉岁月温柔静好。

碧纱橱里流光软

"碧纱橱"这三个字，只觉有无限古典柔美。碧纱橱本是用连排木隔扇分割房间的空间。后来古人常在木隔扇格心上糊上极轻薄的绢纱，还于绢纱上画画、题词，这些木隔扇便被称为"碧纱橱"。

碧纱橱在精致的宋代，提到尤其多。重阳佳节，李清照在碧纱橱内枕着玉枕安然入睡，而半夜醒来，相思无意中浮上心头，却禁不住眸光炯炯，玉臂生寒。于是便抱膝坐起，静静看着碧纱橱外朦胧的景致，心下幽幽而叹："佳节又重阳，玉枕纱橱，半夜凉初透。"

元人胡祗谲《小令·四景》："纱橱睡足酒微醒，玉骨冰肌凉自生。"碧纱橱将日光筛得柔和，而不挡清凉，因而夜卧碧纱橱内，只觉惬意舒服。那美人儿酒过微醺，醉脸酡红，在碧纱橱中一枕安然，浓睡不消残酒。而待美人睡足，悠悠醒来，碧纱橱已细细地筛下了黄昏中的暮色。而碧纱橱中的美人浸在瑰丽的暮色中，越发显得玉骨冰肌，自清凉无汗，令人心中如浸过一脉冷泉，霎时间冰清玉净。

月光下的碧纱橱，则更为旖旎。金銮《萧爽斋乐府》："碧纱橱，低映月儿明。"月光照在碧纱橱上，淡淡的如玉生晕。

《西厢记》第四本第一折中有云："今宵同会碧纱橱，何时重解香罗带？"那张生与莺莺偷偷在月下的碧纱橱中幽会，软风细细地透过碧纱橱，吹来园里的花草清香。思念了那么久的意中人，此时就在眼前，触手可及。张生与莺莺两人四目相对，双手相握，脉脉深情，尽在无言之中，碧纱橱中，登时无限甜蜜。

而《红楼梦》中，碧纱橱更有着极优雅裕静的出场。黛玉初到贾府，贾母疼爱有加。奶娘来请问黛玉之房舍。贾母心疼这娇弱外孙女，便说把把宝玉挪出来同自己在套间暖阁儿里，把黛玉暂安置碧纱橱里。等过了残冬，春天再与他们收拾房屋，另作一番安置。宝玉却对这个虽然初初相见但"心里就当旧相识"的妹妹恋恋不舍，缠着贾母道，好祖宗，我就在碧纱橱外的床上很妥当，何必又出来闹的老祖宗不得安静。贾母想了一想，含笑答应。

于是，年幼的宝玉便住在黛玉的碧纱橱外，亲密友爱，亦自较别个不同。日则同行同坐，夜则同息同止，真是言和意顺，略无参商。就这样，两人青梅竹马，一起长大，心灵相通，她百转千回的小心事，伤春悲秋的小情怀，偶尔闹脾气的小性儿，他都懂。粤曲《红楼梦》中有："碧纱橱，笑声喧，论赋谈诗，常到三更，鼓后。"

想象那深秋午后，小小阳光自碧纱橱外透出，罩了满室的温静。黛玉手持一卷书临窗静读，而宝玉望着碧纱橱里黛玉影影绰绰的窈窕身影，禁不住痴了。

真愿青春不老，时光永驻，在这碧纱橱间柔软而清香。

白露为霜

是西周时的一个清晨。时至深秋，凉意渐渐袭人。一泓秋水，亮发般蜿蜒至远方。水边的芦苇叶子上凝着晶莹的露珠，闪闪烁烁地动着。正是白露时节。

白露这个名字，总给人一种清冷而又寂寞的感觉，是遗世而独立的孤绝美丽。

周朝的采诗官伫立在水边。他凝神微笑，侧耳倾听着什么。

在这个时节里，采诗官出来得比平时更为频繁。他曾经走过了很多地方，采集了很多歌谣。在这个时节里，他所收集的歌儿，皎洁得如同一缕秋夜的月光，也晶莹得如这芦苇上滚动的白露。他细心地把这些皎洁晶莹的歌儿一首首收集起来，就像把刚采下的，还散发着清凉芬芳的新鲜水果放进一个个青竹筐里。

这个清晨，采诗官就是在这水边，忽然听到了一支很特别的歌儿。

"蒹葭苍苍，白露为霜。所谓伊人，在水一方。"

在深秋的清晨，一位男子站在河边遥望着自己心仪的姑娘，芦苇青青，露珠盈盈，水面如有层淡淡薄雾，轻纱般笼罩着。那姑娘若即若离，若隐若现，令男子魂牵梦绕，苦寻不得。"溯洄从之，道阻且长。溯游从之，宛在水中央。"

那歌声悠扬嘹亮，梦一般的扑朔迷离，又含着雨水般的忧伤。采诗官不由得被这首歌迷住了。听那男子歇了一阵，又唱了起来，反反复复，唱的就是这么一支简单而动人的歌儿。

"蒹葭苍苍，白露为霜。"芦苇随风摇动，露水皎洁如月，氤氲着一种若有若无的感觉，令人荡气回肠。

一位身着葛布的少女在河中小洲漫步，水汽朦胧中，绰约如仙子。不仅令思慕她的男子魂牵梦绕，这惊鸿一瞥也在路过的采诗官眼中化作了永恒的风景。他静静听着那男子纵声唱着一首浪漫的歌谣，那歌儿里，满是男子对少女的柔情深种与无限向往。

采诗官心旌摇曳，提起笔来，把男子的歌声细细记下来，就是流传千古的这么一首美丽的诗：《蒹葭》。

那美人可望而不可即，求之不得，就在想象中越发美化，思念不减，随岁月悠长，而心中永存一处诗意的栖息之地。

两千年以后的一个清晨，一位少女依着窗子，在灯下翻着一本泛黄的线装诗经，不经意间，便翻到了这首《蒹葭》，她轻轻地念出声来："蒹葭苍苍，白露为霜。所谓伊人，在水一方。溯洄从之，道阻且长。溯游从之，宛在水中央。"她乌黑的眸子忽然间燃起了熠熠的亮光："好美的诗呀！"

白露，这是怎样一个节气，可以让那个男子咏叹出如此深情缱绻的歌儿呢？她放下书卷，静静看向窗外，这刚好也是一个白露时节，露水在树叶上闪闪烁烁地动着。

少女心中默默念着这首诗，千年之前的诗意浸润到她的双眸之中，忽然之间，她觉得这窗外的白露美得不可方物。

她心中浮起诗经中的这幅画面。在一个白露为霜的清冷深秋，男子隔着一泓秋水，遥遥望着心爱的美人。

但却望穿秋水，不见伊人。

辑二

清香袅袅

清香袅袅

袅袅家隔壁那对爱吵闹的小夫妻总算搬走了，袅袅松了一口气。她刚满十七岁，正要冲刺人生的一个重大关卡——高考。

不知道下一位住户会是谁？

袅袅有些忐忑。

隔了几日，袅袅出门，对面门也吱呀一声开了，走出一个二十四五岁的年轻女孩子，清清秀秀的脸，浸着隐隐的书卷气，见到袅袅，便抿嘴一笑。

袅袅也懵懵懂懂地一笑。那女孩子走过她身边时，袅袅闻到了花草的清香。

这，便是新住户。

袅袅莫名地高兴起来，虽然不过一面之交，但她已感觉到这女孩子身上的沉静气质。以后，会有一个安静的学习氛围吧！

果不其然。

隔了一日，袅袅的父亲说，隔壁搬来了一位大学教师。袅袅吓了一跳，说那么年轻就教大学了，父亲说，听说这女孩子是硕士毕业留校工作的。

大学教师，怪不得，那样沉静的书卷气。

于是便常常碰到，尤其在阳台的时候。夕阳西下的时候，袅袅喜欢戴着MP3站在阳台上听音乐。这时，正好那女孩子来到阳台浇花，偶尔目光交汇，便微笑点头，打过招呼。

　　袅袅注意到她阳台上那么多花花草草，如一个小小的绿色植物园，微风拂来，飘飘洒洒的美丽，有沁人心脾的清香。

　　浸润在这样的芬芳里，袅袅的心如莲花一般悄然绽放。

　　渐渐地熟了，袅袅也去女孩家玩，第一个感觉就是书多。连客厅的茶几上都放着线装的《诗经》，整整齐齐，干干净净，并没有什么华丽的家具，却让人感到无比熨帖的安宁。

　　女孩给袅袅端来一杯菊花茶，纤巧的花瓣在沸水中沉沉浮浮。

　　客厅里也悬着一盆吊兰

　　女孩推荐了几本书给袅袅看，她低着头安静翻动书页，袅袅觉得真是美丽，就像是戴着花冠刚刚走出森林的公主，清雅绝俗。

　　母亲说，最近袅袅这孩子，越来越用功了。

　　父亲也说，嗯，孩子终于沉得下心了。言下有说不出的欣慰。

　　袅袅知道那是为什么。

　　过了一年，袅袅高三了，马上就要高考了。

　　高考发挥得出乎意料的顺利。

　　袅袅兴冲冲地跑回家来，第一个想告诉的，不是父母，竟是邻居家的那个女孩子。

　　敲门，却无人应答。

　　袅袅愕然站在那里。

　　倒是父亲闻声而出，说那女孩前几天就搬走了，因为快要结婚了。临走时，怕打搅袅袅高考，就没告诉她。

　　这样的女孩子，真像一个谜，安安静静地来，又安安静静地走了，徒留清香萦绕。

　　袅袅站在自己的阳台上，徘徊了很久。

　　她不知道是怎样的男孩才配得上那么美好的一个女孩，她只觉得谁娶了那样的女孩，定是会清香一生，幸福一生的吧。

　　望着隔壁已经空空落落的阳台，十八岁的袅袅忽然很希望，有一天，自己也能成为那样的女孩，优雅安静，从容美好。

书吧水之南

三月的江南，草长莺飞，风里都是湿润的凉意，带着泥土的芬芳，扑在初晴的脸上，神清气爽，心旷神怡。

江南的三月，美得不似在人间，仿佛只是一个转瞬即逝的梦境。

赞叹着，行走着，独自背着行囊。

乱花渐欲迷人眼。旖旎风光，这般叫人心醉。

看不够的小桥流水人家。

古镇，夜晚，她抱膝坐在石桥上，听桥下流水淙淙。只觉心神宁静，再不想其他。

其实，江南的古镇长得都差不多，乌镇、西塘、周庄，已有太多商业开发的痕迹，她宁愿就待在这个无名小镇，做一个无人知晓的匆匆过客。

缓缓穿行在小镇的夜色中，水汽氤氲，如梦似幻。

她没有带相机，太美的地方，唯有心灵，才能真正感知，文字和图像能够表达的，其实太少。

忽然，一个橘红色的灯笼闪现，应着一个古香古色的牌匾"水之南书吧"，笔迹却是清隽，似女子手书。

她忍不住移步而入。

哦，真是个书吧。架子上整整齐齐地放着满满的书，一扇玲珑小窗，正对着流水，吱呀有乌篷船划过。

好一个福天洞地。

也没有像一般书吧一样放着绰约如微风的音乐。水声叮咚就够了。这是来自自然界的天籁。

初晴惊叹着，这清静而朴朴素素的美丽，一时竟迷得神魂颠倒。

书架前的竹椅上，低头看书的女子盈盈站起身来，一张月光般恬静的脸，明净的眸子，周身透着一种让人安静的力量，不染纤尘，不似凡俗女子。

初晴讷讷地失了言："你……好。"

那女子抿着嘴笑了。

后来才知道，那便是店主——水之南。

也是一个氤氲着水汽，能引起人无限遐想的名字。

初晴在书吧留下了，因为她看到了书吧里的招聘广告。

换上干净的布衣，看着镜中的自己，眉目宛然，仿佛古诗词中袅袅走来的古典女子，禁不住展颜一笑。

书吧非常安静，水之南亦是。

大多数时间，她只是在书架旁静静坐着看书，长长的睫毛如同一片云。身旁的茶几上，一盅青花细瓷，碧绿茶叶在其中沉沉浮浮，满室生香。

间或抬头，望一望窗外的流水。

初晴注意到，水之南有一双那么清亮的眸子。她听人说过，常看流水的人眼眸清亮，原来是真的。

她也看书。

书架上各种类型的书都有。居然有线装的《枕草子》，她静静翻开浅黄色的书页，很是欢喜了一阵。

水之南亦不干涉。

这样的日子，时间走得特别慢，仿佛云朵在蓝天上舒舒卷卷，一天，就这么轻轻地流过去了。

有人来了，水之南便起身，微笑，轻声问候。看得出都是熟客。初晴便按照要求轻轻奉上用透明玻璃壶盛的水果茶，壶下一苗小小烛光跳跃着。

这样无论看多久的书，茶水都是甜美而温暖的。

江南春季多雨，雨丝从透明的苍穹无声地坠下。

每当傍晚，雨声叮咚之时，水之南便站在店门口，静静地看着。

初晴站在她身边，也静静地看着。

两人没有说一句话，就这么，看着天空渐渐转亮。

水之南很少跟初晴说话，偶尔开口，那么清脆动听。出谷黄鹂的声音，大概就是这样。

两人却越来越有默契，感觉如多年知交好友。她们都是安静美好的女子，怀着花朵般芬芳的心事。

每日只是米饭、青菜、水果，用瓦罐煨浓香的汤。初晴发现，水之南是极懂得养生的人，汤汤水水的滋补，她不用任何化妆品便散发出女性独有的美丽与优雅。

而看书更是怡颜美容的最佳运动。她的气质无人能敌。

她心神宁静，总是微笑，如一株清秀的竹。

晚上十点书吧关门即睡，早上七点准时起床看书。

她像远离尘世的隐逸之士，眼明心亮，却浑不知这世间险恶。

直到有一天，水之南将店门的钥匙交付给她，换上靓丽的职业装，逼人的锐气开始展现时，她才吓了一跳。

水之南微笑告诉她，自己是南方一家公司的老总，每年春天都会来到这个书吧，经营整整一季。

她听过那个公司，也素闻女老总的精明能干，却不了是眼前如此文雅秀气的女子，愕然。

水之南将书吧托付给了她，独自离开江南，回到另一个世界。

留下初晴，安静地在书吧独守心灵，她寻回了久违的幸福与满足。

原来，她是一家外企的白领，俗世的压力袭来，曾一度崩溃，医治多方无效，不想独自背包来到江南这家书吧后，抑郁不药而愈。

有的，只是平静、幸福和美丽。

青春小文

一

春天清澈无比的眼睛里，却藏着无数乐声般的秘密，只是轻轻儿的，风儿微语般，叶儿轻簌般。

四个季节，最让人难忘的还是那一季最纯澈的感动。

清纯的脸和心。青得挤得出水的嫩嫩的年龄。不太懂得忧伤，也很难难过。喜欢独自一人弹着简单的木制吉他，唱一些单纯的歌曲，倾诉一些单纯的情怀。童年的小木屋还在，稚稚的小野花在风中快乐地摇摆。青苹果散发的清香。

从没有认真想过以后会怎样，骄傲的年龄赋予的是一种风一样的自信。只以为时间会停滞不前，为你，为我，为你我共在的世界。但时间还是水滴一般滴落，旧日时光毕竟一去不返了。许多年以后，物是人非，斗转星移，却忽然相见。相视，只有无言。

但青苹果的芬芳仍在。

再也没有听过那样真挚的歌。

再也没有做过那样单纯的梦。

二

女孩子的歌。

喜欢唱歌。青春早已滤就水晶般的情怀和嗓音，小声地唱，低低地唱，婉转地唱。

好像是许多长翅膀的安琪儿乘着星光从天上下来了。

唱得人们一脸月光的宁静。

唱得真是好听，好听。

像金色的小鹿，走到哪儿，哪儿就充满光辉。

每个少女都有这样的声音，只是自己浑然不觉。

只有当年华老去之时，看着新一代的女孩子们像草原上的天铃鸟一样清脆入谷的歌声时，才突然忆起，自己年轻时候，也曾有过这种美妙的声音，这种糅合了草气、花香、海息等大自然的微妙之音，这种青春才有的声音。

三

大草场。

年轻的时候每个人的心里都有一片无边无际的青青草场，有木头筑成的简单的栅栏，有浑圆的夕阳，有高而蓝的天，荡着无拘无束的风。

草场上，放牧着许多青春单纯的思想，正如牧人在放牧着许多纯白安静的牛羊一样。

常常便跑到草场上去，抚摩那些可爱的思想。它们像牛羊一样，有着温柔亲切的眼神。有时便坐在栅栏上，对着落日，吹着一些莫名的忧郁的曲子。那么宽，那么远的天空溶化着惆怅。

或许就这么痴痴地吹到天明，直到远处朝日中已闪烁着野马群淡青色的旗帜般扬起的鬃毛，才会放下口琴，眺望那遥远的，野性的梦幻之旅。

四

流浪。

渴望流浪，青春的心灵，旋转环抱着野性与信念，飘洒飞扬。

用双手掬起浣溪中的水，看清澈的溪水水银般自指缝间纷纷扬扬，如飘飞的轻纱。

把胸口静贴在撒哈拉大沙漠上，去看望那和善的哑奴，伶俐的小黑孩，温柔得如同小鹿一样的大眼睛。轻轻拭干哭泣的骆驼的泪水，悄悄招手叫雨季再来。

指尖触摸过金字塔的冰凉，也体验过复活节岛上怪石的粗糙。

足迹踏过丹麦被针松林环绕的黑色大地，也踏过含着爱情的眼泪的洁白泰姬陵。

有过淡淡却美丽的邂逅，心旌摇曳。

当然也有过苦难。肤色已不再娇嫩，柔和的轮廓有了消瘦优美的线条，眸子转处，沉静的目光，突然便笼罩了一身的光芒。

直到一天，很累很累了，才会想到家，想到妈妈⋯⋯

五

我好喜欢你。

心里说了好多遍口里却没有提一遍。也许，这就是羞涩的青春，携着青涩却清醇无比的香气。

弹着木制的吉他，夕阳脉脉的余晖被温柔的目色拭亮。一遍又一遍地重复着那支简单的曲子。一遍又一遍。

当夕阳合目安睡的时候，还在弹着。

当星子在窗外漫成长河时，还在弹着。

白玉兰于它深墨色的叶子里散发出谜一样的香气。馥郁。

月光悄悄儿涌进来，给琴弦镀上银质。却浑然不觉指尖碰触的，是一缕蓝色的冰凉。

一遍又一遍，简单的，但非常好听的歌。

那个时候的爱情，不是说的，是听的，是用耳朵和心听的。

六

朋友。

好喜欢秋日的午后，太阳照得暖洋洋的。叫上几个好朋友，在学校的水泥地台阶上坐着，说着话儿。

抬起头时，太阳的金色光辉让人眯起了眼睛。

很远的地方有人在打球，欢笑声隐隐而来。

风缓缓地，偶尔停留，干干的，暖暖的，像洁净的干枯了的白玉兰，散发着软糖立体的香味。

说着说着，握着好友的手，头不知不觉已倚在她肩上，几乎要睡着了。

许多年后，还会记得那种安宁和幸福的感觉，记得年轻的时候贴心的好朋友一起坐在太阳地里暖暖烤着的温情的日子。

一辈子也不会淡掉了。

小清新

小清新的本意是淡雅、自然、朴实、超脱、静谧。小清新可以投射在一切文化艺术领域，如写作、旅游、摄影、绘画和音乐，崇尚简约自然，清心自映。

曾经非常喜欢一个作家的文字，在一系列市面上畅销的美文杂志上，几乎都能看到她的文字。之前并不知道她是谁，她也鲜少露脸，只是静静地写那些宛若开了一盏白莲般的文字，干净、清新、淡雅、柔美而温暖。

后来才知道，她是北京一所名校的博士，现在去北方的一所大学教文学了。我觉得这非常适合她。她就是属于校园的。后来看到照片，她在古老的校园青灰色的教学楼旁静静走着，清凉的风吹起她的头发和裙子，手上抱着一本书——便是一幅小清新的画儿。

后来，在她博客里有看到，十年，十本书。是她用青春凝聚成的爱与美的童话。那些隽永的文字，仿佛能在心湖里溅出清凉的水滴。

她在新书里写着："她的笑，像夜空里一枚弯月，柔和、静谧，让人看了，觉得内心喜悦。一个在尘世中跋涉过度的男人，浸润在这样的笑里，不免就会像遇到了一条清凉的小溪，忍不住停留下来，掬起一捧，喝下去。而女人们呢，也会暂时地，忘记一切关乎物质和房子的追逐，借这明净的溪水，清洗掉内心里的尘埃。"说不尽那清新醒脑的感觉。如同薄荷一般让人清凉。

小清新的文字中总是静谧而又安宁，似是精灵，溢满灵气，可又是温润的，如同时光打磨过的琥珀。读起来，一切都是淡淡的，宁静的，字里行间似逸出袅袅芬芳，极其熨帖舒服。

一直觉得，这段安妮宝贝笔下的文字，是关于小清新最温暖的诠释："一些年之后，我要跟你去山下人迹稀少的小镇生活。清晨爬到高山巅顶，下山去集市买蔬菜水果。烹煮打扫。午后读一本书。晚上在杏花树下喝酒，聊天，直到月色和露水清凉。在梦中，行至岩凤尾蕨茂盛的空空山谷，鸟声清脆，树上种子崩裂一起在树下疲累而眠。醒来时，我尚年少，你未老。"

小清新另外的特立标签就是旅行，或者叫作流浪。背个背包，披散长发，穿着一双帆布鞋子，就这样自然而随意，到丽江、西藏、凤凰等各种小文艺的地方去流浪。带上相机和笔记本，拍各种类型的照片，或是白色窗台上的小雏菊，或是森林里的小木屋，或是湖边一丛生满露珠的小草……让人不禁沉浸在那光影中，看温暖，悄然逆光而来。

小清新，不只是文艺的表达手法，还是一种理想的生活方式，一种个人憧憬的美好意境。拥有小清新的一份心境，人就还年轻。一切皆可，温暖治愈。那方蓝天

高三时，常常注意到，教室的窗，总能漏出一角明净的蓝天。

那个时候，上课上得累极了，做试卷做得倦极了的时候，总喜欢在间歇的休息时间里，呆呆地眺望那方不规则的四角的蓝天。

深秋的阳光如泉水一般泼泼溅溅，那方天空里，总点缀着金黄色，抑或是深红色的树叶，在浸有凉意的空气中轻轻摇摆。偶尔有小鸟轻轻在树枝上跳跃，偏着头，仿佛在看我，我看不清它小黑豆似的眼睛，但是我能看清楚它的自由与快乐。

总希望自己也能那么无拘无束，自由自在，可是我不得不奋战于书山题海中，一刻也不敢放松。我知道我自己肩上所背负的沉甸甸的压力，还有父母亲人期待的目光。

每天放学回到书房时，总是有热乎乎的牛奶送到手边。深夜时妈妈也会蹑手蹑脚地煮杯麦片送过来。秋凉了，妈妈开始织围巾，总说外面买的

没有自己织的舒服暖和，很喜欢那条雪白蓬松的毛围巾，冬天系着，冷风无论如何也灌不到脖子里，我知道那里围着满满的爱意……那些细小的记忆碎片，闪闪烁烁的，如同灿然星光一般，每当想起，总是温暖，是我苦闷枯燥复习时光里的柔软阳光。

有很多诱惑，也有很多烦恼，很多事情我想要去做，比如说背起行囊去很远很远的地方开始像三毛一样流浪，以驼足为画，以沙漠为纸，经历一个又一个动人的故事。可是浪迹天涯的豪情只能在心灵的最深处流转，三毛的书也早已束之高阁，我需要面对的，是大量的试卷和习题。

可是看着那方蓝空，我心里浮躁的声音便逐渐沉淀，灵魂安静起来。总有一天我要飞向那蓝天，远离种种烦恼和束缚。可是，十一月，距离高考不过半年时间，该是我破釜沉舟，背水一战的时候了。

战斗之后，我就可以飞往我向往的那方蓝空，做我想做的事情……

半年时间其实不过就在弹指一挥间。

很快，高考来临。考完后，我浑身轻松地睡了整整一天。我所付出的汗水和努力，在考场上完成了它的完美转身。无论结果如何，我没有任何遗憾了。

几个月后，我已经在风景旖旎的大学校园自在地漫步，抱着一堆自己喜欢看的书。拨开云雾见阳光的感觉如此之好。我们终于可以像小鸟一样，在我们之前所憧憬的蓝天里自在地翱翔了。

和想象中一样,到了大学里,就是"海阔凭鱼跃,天高任鸟飞"的地方了,但是，在豁然开朗之前，人总要经过破茧成蝶般的痛苦蜕变过程。就像黎明来临前的天空最为黑暗，越痛苦的时候其实说明光明已经越近了。

忽然会怀念高三时的日子，那些日子虽然在当时是痛苦而又煎熬，缺少休息没有娱乐，可是那是为了一个梦想中的目标全力奋斗的纯粹时光，人生能有几回搏？而搏过之后，总能见到更明丽，更广大的天空。

现在想来，那段看着那方蓝天而默默奋斗静静沉思的日子，其实是一生中的好日子。

静好时光

初来现在工作的学校时，最爱去的，莫过于两个地方，湖边与图书馆。

黄昏时分，橙红的光线浸着面庞，只觉温暖。和同事吃完晚饭，在新月湖旁缓缓步行着，那是极清秀隽永的一个小湖。风拂过湖面，湖水如少女的碧色裙裾一般轻轻曼动。湖边亭子里歇着几个年轻的女学生，正在细细地吃着糕点作为晚餐。

一切都很宁静，很舒服，像是某个定格了的电影剪影。我和同事都立在湖边，只是微微笑着，听风拂过，不说一句话。

湖里忽然游来一对雪白的鸭子，透过青碧的湖水能看到灵活拨动的小掌。不怕人，渐渐地游得近了。

同事见它们渐渐靠近，就走到岸边，想伸出手去。小鸭子忙忙地游开，同事笑笑，走了回来。神奇的事情发生了。小鸭子见同事转身，似乎怕她生气了一般，急急爬上岸来，甩甩身上的水珠，就站在我们面前，小眼睛黑豆一般，定定地望着我们，似乎在期待着什么，样子十分惹人怜爱。我们两个不知道它们想干吗，于是也望着它们，大眼瞪小眼了一会，最后两只小鸭子终于悻悻地转过身来，重新游进了湖里，涟漪一层层在湖面荡开。

亭子里的女孩见到小鸭子，笑吟吟地从手中掰了一点糕点掷了下来，小鸭子游过去，熟稔地吞下。我们这才反应过来，刚刚小鸭子是向我们要东西吃。女孩索性走到湖边，伸出手，小鸭子仍然不敢在她手中吃食。但是放在岸上稍近一点的地方，就活泼泼地抢吃起来。湖水边的青春少女，映着夕阳的小小水禽，这真是怎么都描画不出的美丽。

这是哪里飞来的鸭子，是野鸭看到这泓清澈湖水，故而停留吗？同事说，这湖里的鸭子，也浸润了大学的灵气，瞧起来很通人性。

我们并不忍心破坏这种静谧安宁的氛围，一直都在微笑着旁观，风习习地吹着。

若是这个女孩毕业了，离开校园，会常常想起吧，那样美丽的湖泊，封存着某一个秋日的黄昏。

行走在图书馆里，像是行走在安静的记忆森林。那么多沉睡的思想，那么多丰富的世界。

图书馆外形是圆圆的，面包一样，有一种亲切圆融的感觉。海纳百川，有容乃大。图书馆本应是汇集了人类知识的海洋，而年轻的学子们，就是这海洋中一尾尾自由游弋的小鱼。

有些古旧的典籍，翻动时暗黄色的纸张沙沙地响，像是风掠过竹梢。新进的书则有着新鲜水果一般的明丽色彩，仿佛刚刚从树上摘下，带着清新的露水味道，等着学生们来采撷它们——这些智慧之果。

图书馆总是很安静。执笔沉思的少女，蹙眉静看的少年，在最好的年华里，邂逅前人的严谨态度或浪漫情怀，触摸光阴的美丽故事或柔软尘埃。看那些学生们，偶尔抬头微笑之间，流传沉静的书卷气。校园真好，图书馆里更是别有天地，到处都是年轻的脸和纯净的心。

图书馆旁，则是大片大片的柔绿色，让眼睛舒服。

夜晚，天似穹庐，笼盖四周，草坪柔软，摸起来像婴儿的发。仰头看，星子已经漫成长河。

新生入学的时候，见到一个女学生，刚刚进入大学，兴奋得不行，让父母给自己照相，就坐在图书馆附近的草坪上，不停地摆着姿势。因为年轻，不管怎样拍都是美好。水灵灵的笑容，让人觉得这就是青春。

有一天去借书，正是清晨，抱着书从图书馆出来，四望青青，岳麓山如青铜色的小兽，远远地伏在学校周边。风吹过来，含着草木的芬芳。

禁不住醺然若醉。

淡然之美

有一个同学，大学时极优秀，获大奖小奖无数。毕业后，省会的一家大报社总编对他极为赏识，聘请他为报社记者，月收入不低于五千。这对于本科毕业生来说是有着莫大的吸引力的。但是他婉言拒绝，继续读研深造。硕士毕业后，他考上了北方另一所名校的博士，尔后出国去牛津大学做访问学者。一年后，他被作为特殊人才引进母校当大学讲师。

偶尔回母校看看，他如大学时一样儒雅淡然的笑容。如果当年他进入报社，现在也许已经房车兼备。但是他十分满足于现在的状态。安宁，可以静下心来做研究。

问他，他说，我喜欢淡淡的生活。就这样，挺好。

醍醐灌顶。

每天清晨起来，看到窗外青山一发，拾得几串鸟啼。树下备课，浓荫匝地，四望青青。校广播站里的音乐微风般绰约。

看到学生们青春的脸，微微地感动。

每每抱着书从图书馆中走出来，心中是淡淡的欣喜。

隆冬中手上捧着一杯袅袅热气的茶，看茶叶在热水中旋转，窗外雪花正飘，心中却有淡淡的温暖。

收到多年未见的老友寄来的明信片，淡淡的友谊却在时光的沉淀中愈发如酒一般醇厚。触摸老照片，回忆淡淡流过时间的河。

独自一人背上包去那些古老的小镇，看小桥流水人家，如淡淡的水墨画在宣纸上氤氲开来。

不奢求太多，不标新立异，不愿出风头，只愿意细细收集那一点一滴的微笑。这些可以在心中宛然流转的淡淡欢喜，成了生命中一处又一处清新的风景。

世人熙熙攘攘，皆为利来。而那些所谓"名""利"消耗了太多的人性与热情，有谁在安静的夜里，听到自己心湖中轻轻泛起的涟漪，触摸到那些心灵深处的淡色回忆。一身轻松地睡去，醒来时看到熹微晨光，玉色天明。

与其见惯世间冷暖炎凉沉浮喧嚣，不如静下心来，过自己想过的生活，做自己想做的事情，他很明白自己想要的是什么。

在微博上看到一段文字，极为欣赏：我喜欢人与人之间淡淡地相处，不会太累，也没有那么多顾及，淡淡的友情就像淡淡的茶香令人沉醉。我喜欢淡淡的文字，流淌着飘逸和纯真，有如潺潺清泉洗濯着疲惫的心灵；我喜欢淡淡的生活，静悄悄地走过每一天，不要留下什么印痕，我也不想被众人瞩目，我喜欢站在树下看远方淡淡的风景。

人生有三重境界。这三重境界分别是：看山是山，看水是水；看山不是山，看水不是水；看山还是山，看水还是水。

自是喧嚣浮沉之后，回复宁静淡然。

第三重境界，即彰显了淡然之美。

意趣盎然的小径

小时候，从我家到外婆家，可走大路，也可走小路。

大路是外面的柏油马路，小路便是意趣盎然的一条小径。

那是什么小路呢？旁边是一簇簇的小屋，粉墙黛瓦，也时不时有两三层的小楼房冒了出来，有阳台，有飘窗。阳台上放着各种植物，飘窗上是薄荷绿或是蓝紫色的窗帘。

小楼房有时还有个粉白的小围墙，围墙里种着白玉兰，或者栀子花，还有搭了葡萄架的，有绿色藤蔓盘旋而上。

有小小的白蝴蝶在小路旁的小野花上沉沉浮浮，如一支短小的歌儿。

也试着去捉那白蝴蝶，可那小小的精灵异常警觉，我又怕伤着它，于是，它早已察觉，倏忽而去。

有一次，在嫩黄色的野菊花上，栖息着一只白蝴蝶，好久都没有动，是不是睡着了呢？我悄悄儿走进，悄悄儿伸出双手，悄悄儿合拢。

居然捉到了，它就在我的掌心，扑棱棱地飞着。那小生灵，竟如此惊慌失措呢。

于是，我又轻轻摊开双手。

那小小的白蝴蝶，自我掌心翩翩飞起，像是被惊醒了梦一般，一会儿就隐入花丛了。

后来外出求学，工作，一年才回一次小城，也很久没有走过那条小路。

只是有一天，看书的时候，忽然看到这么一句话："如今庭院隔天涯，记得街前一树粉梨花，记得花荫微露几扇绿窗纱。"

忽然间，那条小路的一切，就在我眼前浮现出来，如此清晰。

顶楼的绿色庄园

　　每次回老家，总觉得外婆家的菜说不出的好吃，清爽宜人，每吃一口都觉得是享受。妈妈笑道，那是当然，你外婆自己种的绿色食品。

　　原来外婆在顶楼的阳台上种了菜。有一次我爬上顶楼，眼前蓦然一亮，好一个小小的绿色庄园！

　　十几平方的阳台，满眼皆绿。我细细看去，有苋菜、马齿苋、葱，在风里欢欢喜喜地招摇着。还有攀援而上的丝瓜、黄瓜，摇着一串串铃铛般的花朵。

　　我站在丝瓜藤旁边，正对着一朵金灿灿的花，结着小小的丝瓜，嫩得仿佛能掐出水来。外婆说，那些丝瓜和黄瓜刚刚生长起来的时候，她就搭了供它们攀援的架子，还要小心地引导它们。外婆笑眯眯地说："它们自己刚开始不认识路，要带着它们走。"言语间满是宠溺，似乎丝瓜和黄瓜是迷路的小男孩。

　　还有一棵娇小的橘子树，种在一个花坛里，上面结满了青绿色的小橘子，玲珑可爱。外婆说树的根须要扎得深才能长出大橘子来，这棵小树虽然绿意葱茏长势喜人，却只能结这些小果子了。另有一个花坛里，生着丛丛碧绿的马齿苋，还有一棵挺秀的植物，我不认识，问外婆，外婆说，是隔壁新店开张时放置店内的名贵植物，后来植物枯萎了，老板想丢掉，外婆看着不忍，就拿了回来，在花坛里种上了马齿苋，不断施肥浇水。结果，马齿苋在微风中渐渐丰盈，而那棵本已枯萎的植物也奇迹般地渐渐恢复生机，还开出花朵来，仿佛一位身着绿衣笑意盈盈的姑娘，绽放它独有的芬芳与清新了。

外婆说，植物，也是通人性的呢。

外婆把各种各样的有机食品，比如说烂掉的菜叶、丢掉的西瓜皮，收集了好些发酵，就成了难得的绿肥，细致地撒在土壤里。每天外婆都要上楼用心浇水施肥，侍弄那些绿色蔬菜，一劳作就是几个小时。就算是七月飞火的夏天，外婆也天天如此。虽然汗流浃背，外婆却乐此不疲。

每天清晨，她都爬上顶楼去看那些菜，青青碧碧，生得那样枝肥叶茂。七十来岁的外婆，便一脸满足的笑容。

那些她种的菜果然格外清香，带着家居的温暖。而外婆久病不愈的肾结石，也在这日复一日与蔬菜土地亲近的时光中，不药而愈。

玉簟秋

那两块竹席，比我的年龄还大。纹理细密，摸上去凉沁沁的。

童年的夏天，有月亮的晚上，妈妈便把竹席搬到窗户下面来，把窗开着，那夹杂着水汽草香的风便一阵一阵吹了进来。睁开眼，看见灿然几颗大星，悬在香樟树的枝叶下面。

月光软如纱，轻若烟。

有影影绰绰的灯火。

安安静静的。

都不开风扇的。

如同睡在水边一般，清凉透过肌肤渗入心底，仿佛走到了一丛竹林之中，竹叶摇曳生寒，露水轻轻滴在身上，而那风声，簌簌拂过竹林的风声，也是含满凉意的。

忘记了酷暑，忘记了夜晚，只徜徉在凉色的世界里，一梦千年。

过了夏天，妈妈便把那竹席小心卷起，竖起来，收入衣柜里。待到第二年夏天，再取出来。

一年又一年，竹席的颜色渐渐由黄绿色沉淀成了绛红色。睡起来越发觉得清凉。妈妈说老东西是宝贝。这浸透了时光的竹席，仿佛懂得人意一般。往上面一躺，立刻就消暑去汗了。

　　到了大学里，每个人都发一个小竹席，放在寝室的床上。夏天中午都被热醒，汗水浸湿了头发。我无奈爬起，看着身边不歇气地鼓着风的小电风扇，开始想念起我家的那个老竹席。

　　后来结婚的时候，妈妈知道我对竹席的感情，便把一块竹席送给我了。

枕上芬芳

小时候，很喜欢吃柚子。

橘黄色的柚子，表皮又圆又滑又硬，用小刀在柚子上环切几刀，然后用手指向两边剥开来，那柚子皮内竟如棉花一般洁白轻软，一缕清润的气息袭来。像是一个人，虽然外表已经坚不可摧，但内心仍然柔软如昔。

把柚子皮一块一块剥了下来，果肉便袒露出来。将果肉一瓣瓣地撕离开来，然后咬开最后包着果肉的那层薄膜，轻轻一拨，玲珑剔透的柚子肉便呈现出来，如孔雀开屏般亮了人的眼。那柚子肉，晶莹得像是一个人纯净甘芬的灵魂。

张口噙住一小块的柚子肉，微酸袅袅，清甜满口。

剥柚子，每剥一层，都充满着惊喜。

后来看到罗伊·克里夫特的一句话："而我心里最美丽的地方，却被你的光芒照得通亮。别人都不曾费心走那么远，别人都觉得寻找太麻烦，所以没人发现过我的美丽，所以没人到过这里。"那，不就是说的柚子，如果没有深入它的内心，怎么知道它的内心是如此晶莹美丽呢？

外婆说野菊花、橘子皮、柚子皮都可以用来做枕头。实在很喜欢柚子的清香，于是有一年冬天，吃了一个又一个柚子，把柚子皮存了起来。

结果，后来就忘了。

直到妈妈把一个小小的枕头含笑拿到我前面，我才吓了一跳。

我不过是一时起意，心血来潮，妈妈却记得。在我把柚枕这件事抛于脑后去忙于其他事情之后，妈妈把那些被遗忘的寂寞的柚子皮捡了起来，细细切碎，然后放在冬天的太阳下晒干。就像她当日晒白萝卜条一样，仔细在阳光下给柚子皮翻着身。

晒干了之后，妈妈就取出一个橘黄色的小枕套，把干燥洁净的柚子皮，收了进去。

一个小小的芬芳柚枕，就做好了。

当天夜晚，我就枕着这个柚枕入睡。

清香袭来，一梦安然。

青花碗的温柔

　　小城的人们吃饭用得最多的是青花碗。青花碗上画着几笔青色的花朵或者龙形花纹，是朴朴素素的美丽。

　　我家也是。

　　平日里盛放饭菜，用的就是青花碗。

　　青花碗里盛放着水嫩嫩的浸萝卜、绿莹莹的青菜、油亮亮的腊肉……俗世里实实在在的欢喜。如同恬静温柔的小城女子，婚后将长发细细盘起，安心做一个好嫁娘，宜家宜室。

　　小城曾经是以青瓷出名的。在我家附近，也是在湘江边，还有着岳州窑的古迹。岳州窑也叫湘阴窑，始烧于隋代，盛于唐，而衰终于五代。岳州窑产品以青瓷为主，是唐代六大青瓷产地之一。

　　天青色等烟雨，而我在等你。那青花碗上的温润青花，可不就是雨过天青色。

　　忙碌一天的小城的人们，在小房子里面坐下，四四方方的小木桌上，便用青花碗摆出了几个亲切温暖的家常小菜。米饭也是盛在青花小碗里，是田园的风味。

　　小城的黄昏中，轻悄谈笑，一家人，共享暮色中一蔬一饭的宁静。

　　现在，回想起来，就是这些平凡的小小场景，一小簇一小簇的静谧时光，构成了生命的图景。

到了省城之后，超市里也有各种琳琅满目的碗，上绘有各式喧嚣的图案。花卉的、动物的、山水的，无所不有。

而妈妈总念着青花碗，说要从小城带过来。果然，她再回老家的时候，就带过了好些青花碗。

那碗，一看就心中温润。仿佛时光一下倒退回那个淡静的年代。

真愿时光不老。

独自去大海

一

小时候,常常幻想着,有一天,背着行囊,背着属于青春的傻劲,一个人,徒步走上好多的路,去看大海。

路旁有金黄的稻田,一波一波的稻浪,像法国少女秀美的卷发。

白杨树仿佛朴实健壮的乡下少女,蓬松的枝叶温和地张开,漏下清凉和斑驳的日光。

小野花像是美丽的微笑,开放在路旁。

很像是泰戈尔《新月集》中的一个画面。真实,亲切,古旧,生动。

光线一寸一寸暗了下去,犹如金乌在徐徐收起它的羽翼。太阳下山的时候,我的影子被拖得很长很长。

天完全黑下来的时候,我叩响了善良的农人家的门。

晚上我就睡在干草房里,干草发出那么深远的岁月的清凉气息。

水罐里已经灌满了清澈的井水。星光,透过房屋的稻草,洒在我青春的面庞上。

月色是朦胧的,空气清凉得如同冰肌玉骨的山泉水,夜空如此静谧,静谧得像安静美好的青春。是的，多么美好，拥有青春，拥有海的梦想。

一天的劳累后，我睡得很熟，很甜。梦中，仍然是那亘古不变的湛蓝大海。

直到第二天，充满新生力量地重新爬起，谢过农人，背起行囊，带上水罐，继续我的旅程。

我知道，远方，有一个大海，大海上，有属于我的一叶小舟，正做着蓝蓝的远航之梦。

二

有一天我终于到达。

我会在海边伫立整整一天，沉默，固执地以自己的方式来表达对大海的热爱。

海是紫罗兰一般娇艳的颜色。背着行囊，任海风吹起长发，夕阳梦般的瑰光中，伫立成雕像。

醇厚得如酒一般的海，那施了魔术一般蓝得光艳的波浪，绸缎般柔滑。

像最细心的妈妈一般，海温柔地抚摸着裸足。

静听海的胸音，亿万年透空而来的浑厚的声音。

喜欢穿着蓝衣蓝裙，坐在高高的礁石上，壮美的夕阳下，迸射千万颗璀璨的钻石。

咸腥的海风猛吹着细软的头发，拂出一张生动的脸，带着恬静如月光的笑容。

我不语，看天边点点鸥影，看大海梦中的蓝。

我想说的，海全部都知道。

大海深处的清凉，自足底升起，如海风般裹了全身。

三

轻轻捧起一抔海水，瑰蓝色的宝石一般，在我掌中闪烁。

海水在指缝间纷纷扬扬地坠下来，星星一般。

松软的金黄色沙滩，赤足留下一个一个的脚印，直至天尽处。

傍晚的时候，彩霞满天。瑰紫和玫红交织得模糊而又柔和，大海上一片的壮阔辉煌。

贝壳闪着美丽的光芒。

我想在那海的深处，海水像玻璃一样透明。在很深的海底看刚刚升起来的新鲜太阳，一定像一朵紫色的花。然后光线渐渐地强起来，橙红、纯紫，交织成万千亮如宝石的瑰光。

我抬起头。太阳的明亮让我眯起了眼睛，我微笑着。

我想让太阳把我晒得如同渔家少女一般黝黑，我想让风把来自大海的气息灌至我灵魂深处。

向往中的梦幻国度

在我心中，总是想象着一个美丽得近乎深厚的童话国度。

沁人的凉意里，轻软的短发在清冷的风中滑动着，像春天的柳枝一般。

雪国，一片纯净的银白之旅。立于童话一般清澈的世界中，只愿静静抬头，仰望那宝石一样湛蓝的苍穹，少女漆黑的眸子，被浸得一派冰清玉净。

如空气一样洁净透明的湖上，平平地绘着一片片暖色的枫叶。是那种完全成熟的深红，那种历经沧桑之后的沉稳与含蓄的大气，轻轻地在玻璃一样的湖面上缓缓旋转，然后静静漫向远方。

极其寒彻的冬夜，温暖的闪着火苗的壁炉，听着祖母读着童话或诗篇的无比柔和的声音，渐渐合目欲睡之时，忽然听到遥远处天乐一般的叮叮当当的铃声，是那样清脆入谷的晶莹声音。于是就知道，那是大胡子的圣诞老人，驾着有美丽金角的驯鹿，从遥远的北极带着礼物，含着笑容经过。

还有那样茂密的森林。

小时候，很希望独自住在安宁清冷的大森林，一幢小小的木制的屋子里。

每天清晨戴着草帽，挎着小篮蹦跳着到森林里来，浑身仿佛散发薄荷一样的清凉。

踏在松软得如同富丽地毯一样的斑斓落叶上，看着彩云一般鲜明的野花，小伞似的蘑菇，卫兵般神气的千年老树古棕色的树皮，散发出熟悉和久远的亲切气息。

有唱着好听歌儿的小鸟从高高的树枝上悄悄降落到肩头，柔和地挨着面庞。感觉得到它柔软的小身体里微小的心脏的跳动。它唱着那么好听的歌，好像最高的山上最纯净的泉水轻轻流动的声音。

小鹿从面前经过，停下来转过头，用它伶俐的大眼睛温柔地望着。从背着的葫芦里倒出清甜的井水来，拢在手心里送向它的口边，微笑着看着它粉红色的小舌头扫过掌底，酥酥的柔软。

风把头发和草帽的飘带都吹得飘起来。

森林中有着很大的湖泊，蓝蓝的，那是美得一个仅仅存在于梦境中的湖。

湛蓝得像童话中王子温和的眸子，清澈得像初融的大雪下刚刚苏醒的绿色植物，透明得像传说中海的女神流下的一滴最明亮的眼泪。

就那么静静地，静静地蓝着，仿佛一个天真极了的小女孩，怯怯的表情，令人的心轻轻地颤着。沁凉，悄悄地浸入灵魂中去。

掬起沁满凉意的湖水。冰蓝色的涟漪，缓缓漫开。

立起身来，看巨大的云彩在天上和湖里飘着。

心里是永恒的幸福。

这是小时候常常做的一个梦，那时天天都读欧美童话，梦中尽是森林，小鹿，大湖。

不知道，那里是不是和梦中的一样美呢？

辑三

青春之光

弹指四年

刚刚来到这座美丽的大学城的时候，非常兴奋。到学校第一天，寝室里来自天南地北的六个女孩子嘻嘻哈哈地熟识了之后，就忽然有一个天津的女孩子低低地哭了起来。她好想家，说自己还从来没有离开过家。

填志愿的时候觉得满心兴奋，总觉得大学充满着浪漫的情调，上大学就是一个人背着行囊去很远很远的地方开始自己的新生活。在家里天天盼着开学，可是等真正到了学校，又怀念起家的温馨。

大一的时候，大家用得最多的就是电话卡和信纸了。回寝室后就是趴在床上写信。信写得老长老长，总觉得有说不完的话。有一个山西女孩子平常特别节省，不怎么吃零食也不太逛街，她最奢侈的爱好就是写信。而且写信必用那种淡淡清香的印着好看图案的精致信纸，花去银子不少，可是她连眉头也不皱一下，我们老笑话她说只有在买信纸的时候才能看出她山西人的豪爽，她嘻嘻笑着，也不在意。写信是给颇具古典情怀和比较耐心的人准备的，但奇怪的是，那时我们心里好像都藏有这种雅致。等信的日子是幸福的，单是那种期待的感觉就是人生一大享受。每天，信箱里几乎都是满满的。拿到自己信的时候，心里充满了喜悦。当轻轻拆开信来读时，那种汹涌的幸福差点把自己全部淹没了。

大二，同学们渐渐出现分化。有人尝到了奖学金的甜头，更加刻苦攻读，天天自习，心里渐渐树立了一个宏远目标；有人发现各种校园活动中大有用武之地，于是大施拳脚，渐得"身份地位"；也有人开始沉迷于游戏与网络，在虚拟世界中寻找自己的快乐。在大学里所选择的路，基本上就是大二时候定下来的。

而这时候同班同学的情谊，也是发展得最为充分。这个时候同学们都已经很熟络了。常常开展各式各样的班会活动。去湘江边放飞风筝，脚踏青泥，凉风吹衣，禁不住逸兴横飞；在烈士公园烧烤，拍下各种搞笑的画面。最温馨有趣的就是女生节了。男生给每个女生寝室送一大捧鲜花，而且别具匠心。隔壁寝室的女孩子都很喜欢睡懒觉，于是男生们送给了她们一捧幽蓝的睡莲。这些鲜花一直在寝室香了好多天。他们还为女生特别开了一个派对，表演了一些好玩的节目，还给我们女生每个人送了一件别致的小礼物，是根据"抽奖"来获得的。我那时抽中的礼物是一个百合香囊，喜欢极了。最可爱的要数天津女孩子的礼物，那是一个小巧的水晶球，里面游着两条银色的活的小鱼，还漂浮着袖珍的水草。

这个时候，也是绿色的青苹果偷偷泛红的时候，毛茸茸的心事漫天飞舞，差不多很多的校园恋情也都是在这个时候进入实质性的发展阶段。我们班的一个女孩子找了个很帅的男友，他对她温柔极了。每次我们下去打饭的时候男孩都静静站在楼下等她，总是穿着白衬衫，干净纯朴的样子。看见她来了，就展开笑容，像一寸寸从云层里射出的阳光一样。晚上的时候，有人在草坪上弹吉他，唱着一些怀旧而又经典的校园情歌。冰蓝色的月光如流水一般轻轻溢过窗口，穿越海藻般的长发和那些长发般悠长缠绵的情思。那一年，我们班上几乎有一半女孩子都恋爱了。手拉着手，一起上自习，一起吃饭，一起看电影。平淡但是浪漫。

到了大三，老师也更加强调社会实践。院里给我们请了一个外教，一个只有二十四岁的加拿大小伙子，他不懂中文，给我们上课也特别活泼，常常给我们讲加拿大的风情。有一些老师是兼职的，他们自己还是一个公司的老总，跟我们讲课就特别活。有一个教我们金融的老师这样跟我们说过："同学们，认认真真多学点东西吧。外面的世界真的很精彩，你们可不能错过啊。"

大三的时候有越来越多的人出去做兼职了。大家仿佛都迫不及待想一试身手，但是心里也有隐隐的紧张，做兼职就成了最好的社会实践方式。而大三的时候也是专业课最为集中的时候。每天都能看见清晨捧读的身影。有的人报了报关员，有的人报了剑桥商务英语。而这个时候，会突然发现原来身边的同学中实在是藏龙卧虎。有四位同学走出校门创业，带着自己的企划书锲而不舍地寻找风险投资，而他们的辛苦也最终获得了回报，因为他们对市场的清醒认识和强烈的创业热情，终于打动了一位投资者，最后成功地成立了一家翻译公司。

努力奋斗的同学在大三的回报实在不菲。专攻学习的基本上可以在全国的赛事（如全国大学生英语竞赛、全国大学生数学模型大赛）捧回沉甸甸的奖杯；身边一位同学，在这一年中囊括了众多奖项，包括学习标兵和省三好学生，保送名牌高校读研已成定局。他笑得十分开心，感叹在别人花前月下的时候自己却寂寞地待在实验室，现在终于对得起自己自进大学以来的一贯努力；而热衷校园活动的同学基本上也成了一方领袖；恋人们的感情也开始稳定；更有趣的是馋嘴的同学已经差不多吃遍了后街的所有麻辣烫和火锅，每次到老板那里都会得到实质的优惠，于是每次都带上一大帮人，在那氤氲的热气腾腾中吃得汗流浃背，不亦乐乎！

时光最终来到了大四。找工作，考研，保研，出国。保研的同学收获了他们此刻的轻松，开始"猪一般的生活"；找工作的将简历做得极为精致，将自己也精心做着包装，希望褪尽自己的学生气，给人以成熟的可信，跑着一场又一场招聘会，过着"狗一般的生活"；而考研的同学则沉下心来面对各种诱惑，过着最为辛苦的"猪狗不如的生活"；出国的则是学生中的贵族了，但他们也不敢松懈，前面还有 GRE、托福呢。无论是哪一派，最后都收获了自己的欢笑或泪水。

记得那时邻班一个女孩子，托福考了650多分，比我们从新加坡回来的那个英语老师考分还高，托福只要上了640就可以申请全奖了。终于发现自己渐渐也可以独当一面。

这时候，毕业的分离也呼啸着一路来临。紧紧抱着彼此，一句一句说着保重，知道自己伤心的并不仅仅是同窗四年的同学的分离，更重要的是，自己金子般的青春年华，随着毕业后彼此的分开，那些有着笑与泪的青春岁月，再也不会回来。

春天的花开、秋天的风，以及冬天的落阳，忧郁的青春年少的我，曾经无知的这么想。发黄的相片、古老的信，以及褪色的圣诞卡，年轻时为你写的歌，恐怕你早已忘了吧？遥远的路程、昨日的梦，以及远去的笑声，流水它带走光阴的故事，改变了我们，就在那多愁善感而初次回忆的青春。我们终于分离，火车最终要开走，那段青涩的年华也随着蜿蜒的铁轨延伸到了祖国的四面八方。最后的记忆是车上的一个同学挥舞着一只拖鞋向我们做最后的道别，很多人一路在跟着车跑，边跑边哭，边哭边跑……

北京夏天

每到一个城市，我最先去的，便是这个城市的高校。在北京也不例外。到了北京，住在人大附近的酒店里。早上吃的是最经典的中国早餐，豆浆、油条，还有包子，加一盘酸菜。心里暖暖的，胃很满足。

傍晚到了北大，却刚好遇雨，于是等雨渐渐止歇后，一路行来，拍摄雨后的校园。听说冬天的北大更美。未名湖冻上了，还可以溜冰。北大，北大，应该是全国学子心中的圣殿了吧？很大气，很美丽，富丽的皇家园林建筑，还有古朴的民国建筑，绿树浓荫，草坪茵茵。穿行于其中，柔枝拂身，清风吹面，糅杂着水汽、草香的清新气息。那种意境真的是难描难画，它不是说哪里美，而是整个校园透出的那种风骨那种气质。北大里面种了很多花。春天里北大的校园真是明艳动人。曾有《燕园草木》一书，就是详细地讲述燕园中的一草一木的。

去了未名湖畔，一圈儿柳树草坪镶着一池儿青青的水。若是初春在此读书，那种清新的绿意是一直要浸着书卷气到人的双目之中吧。湖南部有翻尾石鱼雕塑，中央有湖心岛，由桥与北岸相通。湖心岛的南端有一个石舫。湖南岸上有钟亭、临湖轩、花神庙和埃德加·斯诺墓，东岸有博雅塔。

真正的好的大学，应是如此，满蕴书卷气，是智慧和思想的殿堂。可又是平易近人的，亲切生动的，让人觉得舒服的。

《斯坦纳回忆录》："一所好的大学或学院，应该是使学生能够直接接触并且臣服于最杰出者的氛围和威势。最直接的讲法是，这事关亲近，关乎视觉和听觉。体制，尤其是人文学科，不应该太过庞大。学者、杰出的老师应该随时可遇见；我们每天都会走过他或她的路径。借着非强迫的接近，学生、年轻的研究者将会被感染。"

北大出来，便去了清华。清华非常漂亮，整个学校像个郁郁葱葱的植物园。清华大学主体所在地——清华园，地处北京西北郊名胜风景园林区，明朝时为一私家花园；清朝康熙年间成为圆明园一部分，称熙春园；道光年间分为熙春园和近春园；咸丰年间改名为清华园。清华园里最好骑单车，林荫道上分花拂柳。想起以前写的一篇《单车后座》，首发于《新青年》，后被《青年文摘》手机报转载，写的就是这校园里的单车，以及单车上关于青春的温柔念想。

去清华走了很多很多地方，水木清华，处处皆景，人如在画中走。去了"荷塘月色"，朱先生的散文，是朴朴素素的秀丽，不事雕琢却文才飞扬，大师风骨，劲透纸背。在塘畔石头处坐下，遥想先生当年在此的心境，忽然觉得平和安宁。

在清华的草坪上，还会涌起另一种心境。在读初中的时候，看过一部《北京夏天》，因为这部电视剧，对北京充满了温柔的憧憬与热切的向往。这部剧主要说的，不只是大学生的爱情与生活，还有大学里的一种理想主义的人文氛围，整个校园都洋溢着一种理想化的气息。当时认为，大学就应该是那样子，有口琴、吉他、话剧、舞蹈、秋天落叶中相依相偎的身影。记得美丽活泼的许群航，文静浪漫的，还有他们排演的关于遥远哥哥的话剧。而他们的爱情也充满了理想主义的气息。这部电视剧充满着一种"光亮"，这种"光亮"就是理想主义气息。

很久以后，我在大学图书馆看到了《北京夏天》这本书，如获至宝。曾经的向往，曾经以为会在北京热烈燃烧的青春，已经渐行渐远，终究会成为一首温柔的缱绻的歌。

　　清华虽然是偏重理工科的名校，但却浸透文艺气息。90 年代，这里走出了木吉他弹唱的校园民谣。著名的宋柯、高晓松、老狼，后来的水木年华。后来退出水木年华单飞的李健在 2015 年因为《我是歌手》大热，我也很喜欢他，听了他很多歌，淡淡的、干净的、清澈的，仍然有民谣的影子。

　　大学毕业一年，在清华读研的一个同学在一个秋夜打电话给我，我听见了电话里传来的秋虫的唧唧之声，瞬间好像置身于清华的草坪上。

　　2015 年一个夏天，微信上清华大学推送的是"雨后的清华园"，北京大学的是"盛夏独有的墨绿色清凉"，那校园古老而又年轻，风景旖旎如画。这两所顶级名校，该是高考生们心中的学习圣殿了。不说其他，就说那种校园绿色的氛围，历史沉淀的气质，就能给人以自信而沉静的感觉。真是读书的好地方啊。

行走校园

　　一直觉得，在上海上大学，会是非常小资的生活，一举手，一投足，都会浸透那种上海的风情与味道。

　　上周末因为怕下雨，所以就待在上海没有出去。去了上海交大在郊外的校区，大片大片让眼睛舒畅的绿色，雪白的鸽子翩翩而飞，停在教堂一样的教室房顶，整整齐齐的一排。教室是欧式风格，红色建筑。

　　进校门不久，入目便是一个大湖，穿过轻软的草地，走到湖边，湖边栽着柳树，被湖风吹得如少女柔发一般。湖边还有着长椅，可供学生坐上一坐。要是春日，坐这里读书，湖风轻轻吹拂，柳枝缓缓飘动，空气里是清澈得如同山泉一般的草木芬芳，这可是幸福得不得了的事情了。

　　去过北大的未名湖，觉得名气大于实际，虽然未名湖给人的感觉也是好极了，可能抱的期望太大，看了之后却有着微微的失望了。

　　穿行在校园里，不久便看见一个小树林，高高的树木，林中有条小径，林旁有个小池塘，池塘上有个很精致可爱的小桥，有人在桥上网鱼。从林中穿了过去，抬头看着天空，能看见黑黑的鸟巢。还有鸟的叫声从枝叶间滚落下来。要是晴天，阳光从树叶间漏下来，疏疏落落的金色阳光落在身上，一定非常有感觉，就像在森林里走了。

　　穿过树林便是一个小书店，转了一圈，买了两本英文原版书。交大书店这里的英文原版书很便宜，不过不是很多。书店卖的主要是教材。

又接着走，结果又看见了一个大书店，于是又进去了，书店的柜子设计得很人性化，可以从书架上拿一本书然后就是坐在书柜那里看书。我抽出一本《魏晋名士风流》，看了一半，书店好心的大叔过来了，说还可以坐在旁边的椅子上看。我道了谢。然后大叔就问我放假了吗，我就笑着解释说我不是交大的学生，我是过来看看交大的风景的。然后跟大叔聊了一会儿。原来大叔的儿子也大学毕业了，他很感叹现在大学生找工作的难度，他说他知道两个交大的学生，找的工作是一千的底薪再加提成，在上海是太低了，不过他们仍然做了。走上社会就会发现这个社会是凭能力和本事的，学校的游戏规则和社会的大不一样。

出了书店，又继续往前走。感受就是交大太大了，走了半天都不知道校门在哪里。大片的草坪，红色的教室，骑着自行车来往的青年人，轻风吹拂着头发，让人感觉学校真是一片净土，一座不受外界打搅的象牙塔。

晚上又去了上海交大另外一个校区——徐家汇校区，这就是上海交大的老校区。徐家汇真的很美很炫目，早就听说徐家汇是上海小资体现得最到位的一个地方，不过很可惜昨天没有带相机，好在在上海有的是机会过来。这个校区跟郊区的建筑有些相似，只是更加欧化了。淡淡的灯光打上红色建筑的墙壁，特别有老上海的感觉。有一块草坪上种了几棵很大的树，枝叶很茂密，不过我没有留心看是不是梧桐。树下是石凳石桌。那里坐着几个畅谈心事的少年。也去坐了一坐，发现旁边还有三只很大的猫在草坪那里开会。

以前去过复旦大学，在双子楼前面的草坪坐了很久。那天是个大晴天，阳光暖洋洋金灿灿地照在身上，那么大的草坪，周围是葱茏的林木，林荫道上走着三三两两抱着书的青春洋溢的少年人。真的觉得，大学是个好地方。就算离开了大学，有时来到大学走走，也会被里面的那种氛围所感染。

好的学校就像一个人一样，有他自己的气质。据说，在北京，北大和清华的同学一眼就能看出来，这是北大和清华赋予他们的气质。上海这边也一样，交大、复旦、同济，有时候一眼就能看出不一样来，可又都是很出色的。

来到一所的好的大学，真的有如邂逅一个好的朋友，胸中尽是满足与欢喜。

香樟树

三月，一场春雨后。校园里，香樟叶便落了满地，可那叶子鲜亮洁净，毫不萎靡，如同一场樱花雨或者桃花雨般清丽。

抬头看去，香樟树上已经发了新芽，嫩叶柔软如婴儿的小手，轻轻地在风里招摇了。树叶间还有一簇一簇黄绿色的米粒大小的花朵。是的，香樟树是开花的，只是那花朵过于细小，常常被人忽略了。我也一度以为香樟树的香气只是来自树叶，后来才知道，香樟树浑身上下，包括树叶、花、树干、树根都是有馥郁香味的，几乎是无处不香。是名副其实的秀雅香木。

我所知道的，大约也只有香樟树这一种植物，选择了落叶、发芽、长叶都在初春的三月，新老更替，生命轮回，都是这样寂静而又欢喜。

特别喜欢雨后在校园里漫步，雨后香樟叶湿润的芬芳，有着故乡泥土的气息。故乡小城，多的也是香樟树。到了四月，小城晶莹剔透。而在四月的暮春，母校校园里也是轻盈清澈。

行走在校园，香樟树微凉的芬芳沾了满身。到了寝室休息之时，那种清香还久久不散，伴人入梦。

到了夜晚，校园里的路灯有晕黄色的柔和光亮，香樟树投下浓重的阴影。香气在黑暗中愈发浓郁。在这清香中行走着，月光温润而又晶莹。看着教学楼在黛色中凸出的轮廓，忽然觉得很安宁幸福。

越单纯，越幸福，心像开满花的树。这样单纯的幸福，也只有读书的时候才有。

在林荫道上，那一棵棵高大的香樟树，就是一阕阕老时光的印记啊。坐在树下的木头长椅上，静静怀想，这些香樟树下，曾有过多少年轻的约定呢？

风吹得树叶簌簌地响。

无端的，忽然想起一首小诗：

我是个黄短头发的女孩，你是一顶帽子，当你望着我的时候，我觉得，要起风了。

简单质朴，可是清新动人。

便如这香樟树给我的感觉。

北方的银杏

很喜欢银杏，叶子像一把把精巧的小扇子，轻轻地在风里飘摇，春夏，那小扇子是嫩绿色的，小鸭子的羽毛一般可爱。到了深秋，则变成了金黄色，极为绚烂，让人的心豁然开朗，有如深秋阳光一般的颜色。像是一个男子，年轻时温润如玉，老来气质儒雅沉淀。岁月风霜，人世坎坷，心思宁静，全然不惧。

一直喜欢北京，是因为北京银杏极多么？因为一株植物，对北京充满了温柔的念想。

看过一幅画儿。是北京的老胡同里，银杏满地，而一位少女的纤柔背影，独立在红色大门前。那一缕欲言又止的惆怅，在心中盘旋了好久。想着，那画里，是怎样的一个故事呢？

有一年去北京旅行，只觉惊叹。那北京的秋天明净高远，银杏轻摇，金黄色的冠冕一般。是我想象中的光华灿烂。好喜欢。

走的时候，一直对银杏恋恋不舍。

当时，还想着，考北京高校的研吧，如果可能的话，还考北京高校的博。

或许，以后，还能有机会，与北京结缘，与银杏结缘。

却是阴差阳错，一直不曾有机会结缘了。

后来，有在论坛上看到一个帖子，是某个小山庄，深秋时节，金黄的银杏飘满整个山庄，足下都是地毯般的富丽与轻柔。

深山里的风景，不为人知，不动声色的美丽，却最是动人心魄，沁人心脾。

原来银杏，不只在北京。

于是又心心念念想着，什么时候，背上相机，独自去一下，那个深秋时节飘满银杏叶的小山庄。

也是一直找不出时间，未能成行。

有一次回母校，意外发现母校宿舍外的街上，种了一排儿银杏。那银杏瘦瘦的，叶子虽然也是金黄色的小扇子，却有些不大精神，远不如以前在北京所见过的那银杏之意气风发。

一方水土养一方人，也养一方植物。看来，银杏最适合的，还是北方高远辽阔的天空。中南地区婉约温柔的水土，大概很适合香樟这一类秀雅的树木。

缱绻香囊

　　旧式的闺中女子，通常会身佩香囊。香囊里放满各式香草香花。迎风而来，花香满径，无比旖旎。

　　大学的女生节，得到过一个香囊。不过不是专门送我的，是班上男生别出心裁地为每个女生都准备了一个礼物，然后女生去抽奖。我抽中的，就是这个小香囊。香囊是用细软修长的草编织的，香囊里放满了洁净干燥的百合花瓣。佩在身上，有一缕清凉的香味。

　　小女孩都很喜欢那清新醒脑的香味，佩在身上好些天，直到春天过去，夏季里热起来了，才把那香囊收入箱底。

　　自己也曾经做过一个香囊。是大学里的一个深秋，有一日行在校园里，桂花开得正好，那香让人遍体清朗舒爽。越不起眼的花朵，香气越是浓烈。栀子、米兰莫不如此。于是寻出一块浅蓝色的布，用白色的线，细细缝了一个素净的小布袋，然后把细小如米粒的桂花收集在小布袋子里，再把布袋缝了起来，晚上睡时放在枕头旁边。

　　一闭眼，仿佛置身于深秋的桂花树林之中。

　　工作后，这种小女儿的古典心思便淡了很多。身边的一些同事多用香水，精致的瓶身，拧开瓶盖，对着空气轻轻一按，在迷蒙的香雾中闭上眼来，那香味便落在了颊上、鬓上、衣上，衣香鬓影。省时省心，香气浓郁。

却总觉得少了什么，那雍容的香味，仿佛是矜持的贵妇人，而不再是巧笑嫣然的山野少女。于是，也不大爱用香水。

有学生特别喜欢传统文化，有一日，她穿着汉服，打着一把油纸伞来到办公室，我惊叹着起身。她腼腆笑着，取出一个精致的小香囊，颊上旋起小小酒窝——老师，我自己做的哦。

是特别细巧的，像是古画中描出来的那种香囊，元宝状，香囊上用彩线绘着蝴蝶，有柔美的流苏，我轻轻闻了一下，淡淡的，温润的清香。往日情怀，忽然涌上心头。

看到学生腰上也有一个类似的香囊，将她整个人点缀得更为清灵曼妙。少女纤柔的身段，腼腆的笑容，倒让我神思流转，想起了我的少女时代，那个对香囊情有独钟的年代。

又是一年毕业时

六月，是离别的季节。

六月，将忧伤烤得焦香满怀。

岳麓山上的红叶，烧得正旺。偶有落叶飘落，划亮人眺望远方的目光。爱晚亭旁，衣袂飘飘，齐声而唱："长亭外，古道边，芳草碧连天……"语未尽而泪满面。

盛夏的玉兰，墨绿浸着人眼，洁白倾吐芬芳。女生的长发，凉风里飘飘洒洒，一如惆怅忧伤的心情，涟漪般在空气中轻轻弥漫开去。

而在女生宿舍的窗外，静静地，像以往的每个黄昏里一样，有男孩弹着木制的吉他，那是多么熟悉而又怀旧的校园民谣。

整个夏季，我们留恋的目光抚摩过校园里每一个角落。蝴蝶自小草上优美如歌谣地栖落，蝉在树叶里寂寞地吟唱，栀子花的暗香浮动在每一个黄昏里。荷花池、紫藤走廊、花圃、草坪、食堂里的美食、林荫道上羞涩的牵手……犹记得刚入校时，无数的憧憬与向往，犹如微蓝的星子般在梦中漫成长河。那些沁凉的零碎片段，飘落在柔和的风中，凝成一闪一闪的温暖，水晶般剔透，那是记忆的瑰宝，留给以后每一个忙碌的日子，让坚硬的心重又变得柔软。

而如今，衣正轻，马正肥，少年心事飞到云霄外，只是，舍不得，舍不得的太多太多……那些风一样无拘无束的日子，那些可以大把挥霍的青春与激情，那些放肆的幸福，那些仿佛永远不会老去的青春的容颜……

拥抱，一句一句说着再见，在登上火车的那一刻，恋恋回首。泪痕宛然的脸上，绽放一个最灿烂的微笑，对着那白衣飘飘的年代，对着送别的同学，也对着自己四年金子般的年华，沉淀四年的情谊，洁白清新的记忆，一生一世，永不能忘。

也许，很久以后，当青涩的日子都已完全凝成古旧的相框，当我们的指尖，轻轻滑过那昏黄的照片时，记忆忽然潮水般涌来，往事的欢歌、笑声和泪水都鲜明地洗过我们的心，让一切重又清晰如昨。

背上行囊，我们即将远行，把祝福别在胸襟，我们奔赴各自梦想的旅程，从此，便隔天涯。

大学生活剪影

湖水之南，一漫长沙。

喜欢这个城市的名字。第一天进大学，仰起头看那校门上的四个苍劲大字，凉风一阵一阵地拂过面颊，就暗暗地想：一定要扎扎实实地度过这四年，在这一弯湖沙上留下自己浅浅的足迹。

一

刚进大学，满眼皆绿。

长沙被一条清澈奔腾的大江——湘江分成了两部分，河西是大学城，湖南的三所重点大学——中南大学、湖南大学、湖南师范大学，全在河西，背靠青青岳麓，面临泱泱江水。

很喜欢湖南大学的校歌：

麓山巍巍，湘水泱泱，宏开学府，济济沧沧，承朱张之绪，取欧美之长，华与实兮并茂，兰与芷兮齐芳，楚材蔚起奋志安壤。振我民族，扬我国光。

据说校歌产生于五四运动，是学堂音乐的产物，歌曲本身运用文言作词，旋律大气磅礴。觉得这首歌描述的不仅仅是湖南大学，也非常好地描述了整个河西大学城的环境氛围以及湖湘文化海纳百川，胸怀天下的气魄。

校园绿化得真好，像个花园一般。站在寝室的阳台上，岳麓山像只青铜色的小兽，静静伏着。若是雨天，山上会飘着几绺轻绡一般的山岚。晴天的时候，山风吹起来含有一种清凉的植物的清香气息，这种气息极为醉人，好像是所有喜欢的东西糅合在一起所产生的。于是在山上就能看到许多青年学子攀爬的身影。是座小小的秀丽的山，大概十五到二十分钟就能爬到山顶，但爬山途中有太多让人流连忘返的风景。特别喜欢的是那一涧浅浅的银线似的山泉，宛若冰肌玉骨一般，掬起来就可以喝，分外清甜。

岳麓山上有很多名胜古迹，爱晚亭、鸟语林……爱晚亭是四大名亭之一，经典说法是"亭前池塘碧绿如玉，四周山林环抱，每到秋季，枫红如丹"，它的名字来源于"远上寒山石径斜，白云生处有人家，停车坐爱枫林晚，霜叶红于二月花"。站在爱晚亭前，听山涛阵阵，山风徐来，只轻声念起这首诗，便有无数感慨和意境于胸中悄然涌起，醺然若醉。爱晚亭也是革命活动胜地。这里就是毛泽东青年时代与罗学瓒、张昆弟、蔡和森等人指点江山，激昂文字的地方。江山如画，一时多少豪杰！

岳麓山也是无数忠魂英灵的埋骨之处，每每也让学生们对着苍穹下的青山肃然起敬。进校的时候，老师说，上几届有一个师兄，每天早晨都坚持爬岳麓山，风雨无阻，只为在蔡锷黄兴墓前默哀一分钟。他一直这样做了整整四年，直到他毕业离开母校。

二

进校时，老师吓唬我们："只要你们适应了长沙的天气，全国就没有什么地方你们适应不了了。"长沙的天气的确古怪，孩儿脸似的变化无常，这样的天气陪伴我们度过了大学生活，回想起来竟全是阳光灿烂。

最喜欢秋季，温暖的阳光，像开着大朵大朵栀子花似的明亮。在课余的时候全班一起去湘江边放风筝，去烈士公园烧烤。

或是，独自漫步在校园的小路上，看着茵茵草地上坐着一簇簇充满青春气息的青年，膝头放着书。风里携来淡淡的清香。很多人都喜欢到一教后面的草地去看书，倚在树下，戴着耳机听古典音乐，悠然自得。忽然有一天早上，有暗香盈袖。那种甜香，铺天盖地而来，几乎把人的心都淹没在那种芬芳之中。循香望去，只见是几株桂花树，闪烁着细碎的金色，于是恍然大悟。

记得大一的时候，电商班的男生爬到山上去摘了很多金红色的小橘子（山上有很多野橘子树），用衣服兜了，回来送给他们班女生。我们寝室里有一个电商的女孩子，也拿到了橘子。

橘子很小，在女孩洁白的掌心滚来滚去，极是可爱，像小鸭子一般。

很甜，清凉多汁。

有人说，好像有一株九月的橘子树开在寝室了。

那淡淡的清香，萦绕。

那样洁净清凉的香味，两天以后就悄悄消散于空中了。

三

长沙有个称号，叫作"星城"。这是因为长沙地名取自长沙星。所以长沙有时也叫"星沙"。

的确也当得起这个称号。长沙的娱乐业非常发达，夜生活极是丰富，据说夜晚在飞机上俯瞰，星星点点的灯火，如繁星紧聚。历史古城的长沙，同时也是个时尚现代的城市。

长沙人生活节奏快，说话也是快极。据说长沙人工作起来就是拼命三郎，但是人们没有忘记生活得多姿多彩。

湖南电视发达，众所周知。

记得刚入校时，我一个同学去参加社团，听师兄说他去快乐大本营现场看过，还和李湘握了下手，听得她好羡慕。后来才知道，这对于长沙的大学生来说不是太稀奇的事情。周末电视台有时会来学校邀请现场观众，大学生们也可以自己去现场观看电视节目的录制。

后来我也去过一次，那次节目的主持是曹颖。节目结束的时候，我们几个人正往外走，身边身影一晃，吓了我一跳，原来是曹颖快快地跑进化妆间去了。

后来新生入校，发现宣传册上有一页这么写着："在长沙步行街逛街的时候，也许你会碰见你所喜欢的主持人或超女，甚至与他们擦肩而过。"于是明白，现在，除了岳麓山、天心阁、马王堆，湖南卫视也早已成为了长沙的名片。

作为湖南人来说，不是不自豪的。

晚上闲下来的时候，女生一大癖好当然就是逛街了。

逛街不仅为买衣服，主要还是觊觎长沙街上那么多的美食：八一桥下的梅园的口味虾，南门口排长队买的臭干子，烈士公园附近一个叫便河边地方一排门面的烧烤，坡子街和步行街的美食一条街——辣，但是很痛快。怪不得长沙人说话尾音悠然带一分泼辣，都是辣椒给熏出来的！

有人笑说："在长沙，大学四年，除了学习方面，最重要的是学会了吃辣和消费。"

对于湖南的同学这句话的反应可能不大，但是外地同学的感触的确如此。寝室一北方女孩，刚刚来长沙闻见辣味便掩起樱桃小嘴，蛾眉微蹙。未曾想到，一年后她居然在寝室里跟我们一群湖南女孩子抢"老干妈"，在后街手持几串撒满辣椒粉的臭干子吃得面不改色。大一的时候就常常看见男生也是成群结队地去步行街逛街购物，几年下来养成了良好的习惯。

爱上这个活色生香的城市。铭刻下一段有着青春里长长的记忆的地方。

语出惊人的可爱老妈

老妈善厨艺，爱文艺，常常语出惊人，令人叹为观止。

那天我有两个包裹寄来的，都是朋友发过来的。我一回家，老妈就兴冲冲地说："你这两个朋友名字真有趣，罗三个土，李三个水。"我忙拿签收单一看，原来是"罗垚"和"李淼"。后来每次提到他们，老妈总是很自来熟地说："哦，我知道，就是那三个土和三个水嘛。"

在网上看到一个测验题，测试内心深处的温柔指数有多高，题目是这样的："如果上帝要你跟你的另一半下辈子还是在一起，你希望你们能变成什么？ A 一对比翼鸟；B 一对老虎；C 一对黑天鹅；D 一对小海豚；E 一对连理枝。"我把题目念给老妈听，老妈不假思索地说："选比翼鸟。"我念出答案："温柔指数仅 20%……"老妈不以为然："那有什么，我的温柔在骨子里。"

老妈近来也迷上网络，取了个 QQ 名叫"蝴蝶兰"，问她为什么，她说："这名字温柔。"

后来 QQ 签名更是变化多端，有一天中午赫然看到老妈的 QQ 签名中故作深沉地写道："中午吃什么？人类永恒之困惑。"

老妈爱唱歌，而我一点都不，她便常常拉我去唱 K，还语重心长地教导我说："你妈歌唱得这么好，不要浪费遗传基因。"

老妈和老同学一起去 KTV 唱歌，回来的时候很郁闷，说同学个个都混得极好，有一个还开了一家大公司，成了著名企业家，自己未免相形见绌。结果郁闷了一阵又突然高兴起来，说："她混得比我好，这有什么，她歌又没有我唱得好。"

秋天阳光极好，中午出去，我戴了个网球帽，老妈瞅着我的帽子说："戴帽子干吗？怕把头发晒黑了？"

在学校的时候，老妈来宿舍看我，遇见宿管员阿姨，阿姨得知是我妈妈，就夸奖说："真看不出来，还这么年轻漂亮。"就见老妈很淡定地在那里频频点头，一副泰然处之心有戚戚的模样。上楼后，我忍不住笑："妈，你怎么这么不谦虚呢？"老妈很惊奇，问明原因后，一拍头："我刚刚在想晚上去哪里吃饭呢，都没听见她说什么。"

那天看见一个笑话，讲给别人听全部笑喷，于是又讲给妈妈听，有一个实习女老师，第一次上讲台太紧张，先误拿了手机擦黑板以稳定情绪，出了糗，于是更紧张了，接着她开始自我介绍："同学们好，我姓李，以后你们就叫我王老师，你们也可以叫我大姐姐或者大哥哥……"我说得乐不可支，妈妈一脸疑惑，然后说："应该是叫阿姨或者叔叔吧？"等反应过来后，她笑得直不起腰来。

辑四

风与树的歌

生命的芳芳

　　西班牙诗人、1956 年诺贝尔文学奖获得者胡安·拉蒙·希梅内斯为一条小毛驴所写的《小银和我》，这是一本充满生命的美丽与芬芳的书。"一切都是这样的优美，温柔，新鲜，纯洁和活跃。"

　　起初看书时，是被这样一个句子吸引："我们两个从山间满载而归：小银吃饱了檀香草，我带回了许多黄百合花。"朴朴素素，然而溢满欢喜。看下去，渐渐完全被吸引。这本书似是一口有大地深沉气息的井，井水甘甜清澈，取之不尽。

　　在《春天》里，他满怀欢乐地写道："我们如同生活在一座巨大而明亮的灯座里，也如同在一朵无边无际的温暖而光明的玫瑰之中。"而在《面包》一篇中，他这样写道："我告诉过你，小银，摩格尔的灵魂是酒。不是吗？不！摩格尔的灵魂是面包。摩格尔就像是一只大面包，整个村子雪白，就像面包心；周围金黄——啊，棕黄色的太阳——像是一层软软的外皮。"极富魔力的想象。在他的笔下，世界似是一朵初初绽开的鲜花，又似是一枚极新鲜甜美的软面包。

　　"这是一个明快、洁净、蓝色而透明的早晨。金色的海风轻拂着邻近的松林，随着树梢的起伏摇曳，若即若离地送来阵阵婉转袅绕的小鸟们的轻声合唱。"这生活真如初酿的葡萄酒，令人醺然若醉。

让人分外迷醉的还有书中这样一个场景："小银自由自在地在草地上洁净的雏菊之间吃草。我从摩尔式的马褡里拿出一本袖珍小书，躺在松树下，打开夹着书签的那一页，开始高声朗读。"

生命何其静谧。生命何其美好。

"有·种神秘的爱与美的力量。就如文中的阿格拉埃，专司美和善的女神，在明净的旭日中，隐约地靠在那棵有着许多梨子和麻雀的绿叶覆展的梨树旁，微笑地看着眼前的情景。"阿格拉埃，是希腊神话中优美三女神之一。宗教的肃穆。天人合一的静谧。

那些不为人知的小美好，只有用诗人敏感的眼睛与心，才能领会那些完全新鲜而清丽的感觉，那是对生命本真状态的灵魂感知。

在《格林兄弟传》里，作为语言学家的格林兄弟，来进行德国民间童话的搜集和整理时，并不觉辛苦，而是非常愉悦。书中写道，当一个学者，特别是具有这样敏锐的、富有诗意的感觉的学者，能够描写神秘莫测的东西，即描写那种"当它落在露珠上，露珠只是颤动，而不会洒落的"又轻又小的东西时，是其乐无穷的。

曾经乌拉圭女诗人胡安娜·伊瓦沃罗《清凉的水罐》，也给了我类似的感觉。那些似乎闪着光芒的句子，那些对生命细微美好之处的敏感捕捉与欣赏，让人在阅读之时，似听流水淙淙，似闻玫瑰芬芳，似见金色翅膀的蝴蝶悄然栖落，似有大自然的气息，于字里行间，徐徐拂来。

正是这些微小而神妙的美丽，让生命如此芬芳而充满魅力。

风与树的歌

清新、雅致、幽静、恬淡，浸满了水雾般的诗意和扑朔迷离的神秘，这就是安房直子的童话。"如同一山坡野菊花似的作品。"

在她享誉世界的中篇童话《手绢上的花田》中，一个老太太请邮递员帮他保管一个小茶壶，并展示给他茶壶神奇的功能：小人儿从茶壶里跳出来，种得满手绢的菊花，然后酿成了甘芬无比的菊花酒。邮递员本可用小茶壶过着惬意清新的生活，然而人性中的贪欲改变了他的生活……他最后和他的妻子喝了一脉蓝色的呈心状的泉里的泉水（寓意良心），才得到了救赎。虽是说理，可整篇童话构思精巧清隽，语言朴素亲切，像有菊花酒的清香袅袅自字里行间拂来，读后，只觉齿颊留香，甘香满怀。

安房直子的短篇童话，也浸润着她所独有的那种难以言喻的清新，如隆冬梅花上的微雪，有暗香盈袖，芬芳且清凉。安房直子的书，即使只是看见书名，心都会在瞬间温暖柔软起来。《风与树的歌》《白鹦鹉森林》《黄昏海的故事》《花香小镇》《遥远的野玫瑰村》……每个故事都会美得让人心动。她所塑造的那些美丽的意象还有意境，那些漫山遍野的桔梗花、变成风的小女孩、怀念爱的小狐狸、彩虹、白羽毛和小兔子，如梦般轻舞飞扬的精灵……

正如《红玫瑰旅馆的客人》扉页上所写的那样："最发达的想象力，

96

就是让人感觉不到想象的痕迹，没有听见幻想的雨声，却已经浑身湿透。"
整个世界安静而唯美，有雪雾般淡淡的朦胧的忧伤，有不可说的小遗憾，
也有满怀亲切的留恋。

她的读者评价她，说她是一个充满着爱的人，怀着爱去看世界，发现
这个世界的纯真与美好，然后再通过她笔下那些温暖而浅显的文字来告诉
我们许多东西：关于爱、离别、善良、奉献和其他的美好的情感。

能写出这样童话的人，要有怎样一颗不被俗世所羁的晶莹剔透之心！
事实上，安房直子本人就如同她笔下的童话，也许可以这样说，她本人就
是一个童话。

安房直子生性淡泊，深居简出。在 1972 年，她 29 岁时，她在长野县
东边的轻井泽盖了一山间小屋，以后每年的夏天，她都在那里度过。

那是多么孤单而充满诗意的生活。她比任何时候都接近大自然，接近
心灵，接近真正的自己。深山寂景，风声过耳，落叶无声。而她也浸透了
此中的灵气，笔中携带一缕清凉。这个远离尘嚣的女人，那么静静地坐在
铺着白色桌布的桌子前，笔端蕴秀，临霜而写，是那样淡淡甚至带着忧伤
的文字，却构建了一个梦幻般清美芬芳的幻想世界，给孤独无望的灵魂以
温柔亲切的慰藉。

安房直子的译者彭懿本人也非常喜欢安房直子。彭懿曾这样说过："安
房直子是一个远离尘嚣的女人，她一生淡泊，深居简出，甚至拒绝出门旅
行。但她却为我们留下了一山坡野菊花似的短篇幻想小说，如梦如幻，精
美至极，犹如一首首空灵隽永的短歌。她总是从一个温柔女性的视点出发，
把淡淡的哀愁融入到自己那甘美、诡异的文字当中，写出一个个单纯得近
乎透明但却又让人感受生命的怆痛与诗意的故事。"

人生最好的境界

1845 年，梭罗搬进了距离康科德两公里的瓦尔登湖畔，建造了一间小小的木屋，在那里，他过了两年独自渔猎、耕耘、沉思、写作的简朴生活。1854 年，他出了一本自然随笔，这些日子的思想终于沉淀成了一枚文学史上的美丽琥珀，这就是著名的《瓦尔登湖》。

"我生活在瓦尔登湖，再没有比这里更接近上帝和天堂的地方了，我是它的石岸，是他掠过湖心的一阵清风，在我的手心里，是他的碧水，是他的白沙，而他最深隐的泉眼，高悬在我的哲思之上。"他在《瓦尔登湖》写下的那些文章，有着树林中绿叶的光亮和深山里泉水的清澈、朴素、简单，而蕴藏深意。令人忍不住读了一遍，又读一遍，只觉齿颊留香。

这是一本优美、恬静而智慧的书。瓦尔登湖畔，他这样安静，这样孤独，然而又是这样愉快，这样丰盈，他心灵的沃土之上，每天都能开出一朵花。他在拥抱自然，也在思索人生，因此，在他那些描写自然风景的清冽文字里，字里行间弥漫着大自然的芬芳，像行走在星空下的森林里，而路旁时有花朵一闪，那是令人眼前一亮的隽秀句子。

"这样一个湖以深邃和清澈著称，值得给予突出的描写。这是一个明亮深绿色的湖。""再没有比自由地欣赏广阔的地平线的人更快活的了。""我也没有像鸣禽一般地歌唱，我只静静地微笑，笑我幸福无涯。"那些安静的句子，娓娓道来，总能引起会心的微笑和下意识的思索。那些句子是那样朴素，却是那样动人，仿佛不经意间，心弦忽然被铮然拨响。像一口甘甜的井水，沁人心脾，且有来自于大地清新而深沉的气息。

这也是澄澈见底的一本书，读完之后，只觉整个人都如同星星一般亮了起来。在这本书中，谁都可以伸开双臂，尽情拥抱这瓦尔登湖的清凉静谧。阅读这本书一定要静下心来，才能读懂那些返璞归真的美丽，涤荡自己疲惫的心灵。这本书的翻译徐迟先生曾说，在繁忙的白昼他有时会将信将疑，觉得它并没有什么好处，直到黄昏，心情渐渐寂寞和恬静下来，才觉得"语语惊人，字字闪光，沁人肺腑，动我衷肠"，而到夜深万籁俱寂之时，就更为之神往了。也许人生最好的境界就是这本书里所阐述的丰富的安静。

阅读《瓦尔登湖》，每个人都希望像那本书里的那个人一样，做简单的事情，享受简单的快乐。其实生活简单，却更能触摸到自己的内心，因为简单更意味着生命的纯粹。喧嚣尘世，我们虽然无法实现梭罗那种恬静安宁的湖畔隐居生活，但是我们可以学习那种淡然的生活姿态，即使身居闹市，心里却总有一处洒满清凉月光的湖泊，那里，我们能寻找到生命最本真的意义。

幸好摩西婆婆没去养鸡

少年时期特别喜欢三毛，读到《哭泣的骆驼》里的一段："不久以前，荷西与我在居住的大加那利岛的一个画廊里，看见过一幅油画。那幅画不是什么名家的作品，风格极像美国摩西婆婆的东西。在那幅画上，是一座碧绿的山谷，谷里填满了吃草的牛羊、农家、羊肠小径、喂鸡的老婆婆，还有无数棵开了白花的大树。那一片安详天真的景致，使我钉住画前久久不忍离去。"于是掩卷，很好奇这个神秘的摩西婆婆的画会是什么样子的。

大一时在图书馆看书，无意中翻开一本画册，那些色彩清新却又质朴的画一下子把我吸引住了。那仿佛没有任何的技巧，却是温馨熨帖，像是梦中的田园，宁静，美丽而祥和。看画者名字，惊喜地发现正是摩西婆婆。

渐渐地读到关于摩西婆婆的书，看到她越来越多的作品。去查阅资料，原来摩西婆婆是素人画家，美国著名和最多产的原始派画家之一。她没有受过任何专业训练，也没有受到过任何名家指导，她拿起画笔也纯粹是因为偶然。

摩西婆婆本是一名美国传统的乡村妇女，大半生都从事的是农场工作。六十多岁时丈夫过世，七十岁时因为得了关节炎，无法再下田工作，于是为了打发时间，她开始画画。从此她拿起画笔就再也没有放下。在她的画里尽是自己童年时的乡村景色或是住家附近的学校公园。没有任何动机或是名利的成分，就只是画。她笔下所描绘的都是她了如指掌的农场生活，这些摩西婆婆怀有深厚感情的景色从她笔下流淌出来，是那样亲切，叫人看着，眼睛就不能离开，不经意间就爱上她画中的那个世界。

八十岁时，她在住家附近的杂货店展示她的画作。在她九十四岁时，她有了一次正式的画展。那时她的作品开始在美国及欧洲畅销，受到人们的欢迎。摩西婆婆以明快的手法和选择明亮、大胆的色彩获得了最初的成功。

她的画中所表现的世界跟三毛在书中所描绘的一样，有着青碧的田地，有着安静吃草的牛羊，农人们快乐地劳作着，小小的一簇簇的房屋，尖头的栅栏……在她笔下常常流淌出欢乐而真实的农家场面，如农夫抱柴生火、铁匠钉马掌、农家小聚餐等等，素朴的画风，呈现的是纽约早年乡村风貌，令人着迷。据说，在摩西婆婆颇受欢迎的作品中有《捉感恩节火鸡》和《槭树园里的熬糖会》，都是质朴的乡村画卷。在她 87 岁时出版的自传里，她描述道："把槭树汁熬成糖"，就是与家人们一起从槭树里提取出树汁熬制成糖浆，孩子们再将糖浆倒在雪白的盘子上，然后饱餐一顿。

我始终认为，摩西婆婆的画之所以如此受欢迎，这是由于画家对她笔下的田园生活充满感情，那些明快的手法，那些的大胆的色彩，那些真实的情感，犹如从树上刚刚摘下的果子，还带着新鲜的露珠，散发着清香。没有人会拒绝这样的生活。

这叫人不禁想起屠格涅夫笔下俄罗斯的原野和农村，也是这样质朴清新，充满了生命力。这位俄罗斯作家，他著名的《猎人笔记》，更是热情地歌颂了俄罗斯的大地，他毕生热爱着的大地。也许，只有心中有爱才能真正创造真正动人的东西，艺术，就是这样复杂而又简单。

后来在摩西婆婆的自传里有这样一句话，也很是动人："我很快乐，也很满足，即便失去了丈夫，我还是必须找到新的依托，幸运的是我发现了绘画，我记起了这样一个梦想。"

1961 年 12 月 13 日，画家摩西婆婆在纽约的胡西克瀑布逝世，终年一百〇一岁。在她有生的最后三十年，创作了一百〇五幅作品，令收藏家们惊喜不已。他们说："感谢摩西婆婆当年选择画画打发时间，让我们发现她是多么重要。"而据说摩西婆婆当年本是要选择去养鸡的。感谢这个偶然，让我们世界多了一名天才的画家，拥有了这么多美好的画。

当你老了时

叶芝，是爱尔兰诗人、剧作家，著名的神秘主义者，"爱尔兰文艺复兴运动"的领袖，曾被艾略特誉为"当代最伟大的诗人"，并于 1923 年获得诺贝尔文学奖，获奖的理由是"以其高度艺术化且洋溢着灵感的诗作表达了整个民族的灵魂"。

而现在，谈起叶芝的诗歌，几乎人们都能想起他那首温馨的《当你老了的时候》：

当你老了，头白了，睡思昏沉，
在炉火旁打盹，请你取下这部诗歌，
慢慢地读，回想你过去眼神的柔和，
回想它们昔日那浓重的阴影。
多少人爱你青春欢畅的时辰，
爱慕你的美丽、假意或者真心。
只有一个人爱你那朝圣者的灵魂，
爱你衰老的脸上那痛苦的皱纹。
垂下头来，在红光闪耀的炉火旁，
凄然诉说那爱情的消逝，
在头顶的山上它缓缓踱着步子，
在一群星星中掩藏了它的脸庞。

非常动人的一首诗，朴朴素素，没有任何华丽的词语，却道尽了一种旖旎如梦的情怀，一种深沉的、无法言喻的爱。

水木年华也曾抱着木吉他低吟缓歌："多少人曾爱慕你年轻时的容颜，可是谁能承受岁月无情的变迁。"地老天荒，此生不渝的誓言，最是动人不过。没有人不向往这样的爱情，执子之手，与子偕老，共同看这日出日落，共同领略这世间风景。

爱情经过时间的沉淀，会越来越优雅和深沉，便如神秘的黑玫瑰，有着婉转清凉的气息，不可捉摸，但是具有极其强大的摄人心魄的力量。

这便是真爱了。无论时光如何流转，就算红了樱桃，绿了芭蕉，老去了青春的容颜，黯淡了明澈的眸子，可是，爱，还在那里，从来不曾逝去。

这首诗是叶芝浪漫主义诗歌的代表之作。据说，写这首诗时，23岁的诗人叶芝正在苦恋时年22岁的少女茅德·冈。他邂逅她时，正是爱尔兰的一个明媚的春日，苹果花吐露着幽幽芬芳，美丽的茅德·冈"光彩夺目，仿佛自身就是洒满了阳光的花瓣"。

她不仅美丽动人，而且是一位热衷爱尔兰民族主义运动的女性，当时已经成为领导人之一。她非常仰慕叶芝早年诗作《雕塑的岛屿》，并且主动和叶芝结识。叶芝深深地迷恋上了她，在四年时间里向她求婚四次，却都遭到了拒绝。尽管如此，叶芝对茅德·冈仍然魂牵梦萦，并以她为原型创作了剧本《凯丝琳女伯爵》，并写下了这首荡气回肠的爱情诗。

这是一场旷日持久而没有结果的单相思。1903年，茅德·冈嫁给了爱尔兰军官麦克布莱德少校。直至1917年，53岁时，正慢慢步入老境的诗人才不得不与另一个女人乔治·海德里结婚。

当叶芝垂垂老矣的时候，他曾深爱的那个女人也正在时光中慢慢老去。但诗人对于她的爱慕终生不渝。1938年8月22日，叶芝已是73岁的高龄了，这时离他和茅德·冈初次相遇已近半个世纪，就是这天下午，叶芝提笔给茅德·冈写去了一封短信："我亲爱的茅德，我想请你和你的朋友来我这儿喝茶，星期五下午四点半，四点或稍晚些会有车去接你们的，我一直想见你。"

这位摘取了诺贝尔文学奖的诗人，终其一生也没有获取茅德·冈的芳心。据说茅德·冈71岁的时候接受记者采访，谈到叶芝，说过这么一句："世人会因我没嫁给他而感激我的。"

因为这段可望而不可即的恋情，诗人的爱被时光雕琢且升华，终于成就了那些流转着珍珠般淡淡光华的诗句。《当你老了的时候》《他希望得到天堂中的锦绣》《白鸟》《和解》《反对无价值的称赞》……都是叶芝为茅德·冈写下的名篇。

叶芝是处在浪漫主义向现实主义转变的这么一个过程中，后来，也有不少的佳作，例如《丽达与天鹅》，就是象征主义的代表之作，具有明显的神秘主义倾向。可是，在所有的诗作里，最为荡气回肠的还是这首《当你老了的时候》。

它是人们心心向往的古典爱情。

美国的隐士女诗人

　　艾米莉·狄金森，是美国著名的隐士女诗人。她于 1830 年 12 月 10 日出生于美国马萨诸塞州的一个富有家庭。

　　她年少时热爱大自然，喜欢出去旅游，喜欢和人结交，她容貌美丽，仪态大方，曾经一度是她所在小城的社交之花。她 20 岁时便开始写诗，她父亲惊喜地发现，女儿很有文学天赋，她所作的诗歌清新婉丽，十分动人。

　　本来，狄金森可以一直过这种快乐无忧的贵族少女的生活，但她的命运，在她 23 岁那年发生了巨大的转折。

　　就在那一年里，狄金森随她父亲远游到华盛顿，邂逅了一位名叫华兹华斯的牧师。牧师为人温文尔雅，颇具魅力，在和牧师的交往之中，狄金森无法抑制地爱上了他。但华兹华斯已经结婚，狄金森明白这份感情注定是无望的，只得把感情深深埋到心里。

　　归来后，狄金森发生了翻天覆地的变化。她从此闭门谢客，弃绝社交，终生未嫁，在家务劳动之余埋头写诗。她甚至不肯离家做短暂的旅行，最后甚至不肯接见大多数访客，也不到隔壁哥哥家去拜访。

　　她把内心所有纤细敏感的灵性都凝注于笔端，爱与美，善与真，花香般从她笔下吟唱而来。

　　她关于诗歌的灵感除了来自她丰富的内心，还来自她家的花园里，西窗前和书房中。一丛青青的嫩草、一朵轻盈摇曳的小花或者一只疾飞而过的小鸟都可能激发她的创作。她的感觉十分敏锐，比喻新巧动人，超乎寻常的生动。"风用手指梳理天空""三月大胆地走过来，像邻居一样前来敲门""月亮溜下楼梯去窥探，'谁在那儿呢'？"

她的语言，不事雕饰，质朴自然，却有一种深邃真挚、直击人心的魅力。如这首《篱笆那边》，就是孩童的口吻写的，质朴清新，一派天真，十分可爱："篱笆那边／有一颗草莓／我知道，如果我愿／我可以爬过／草莓，真甜！／可是，脏了围裙／上帝一定要骂我／哦，亲爱的，我猜，如果他也是个孩子／他也会爬过去，如果，他能爬过！"

她写下这些诗歌，只是为了自抒怀抱，并未想到发表。在她生前，她的诗只有 10 首公开发表过，是被朋友从她的信件中抄录出发表的。

1886 年 5 月 15 日，艾米莉·狄金森在家与世长辞，留下了她深锁在盒子里的大量创作诗篇。艾米莉的妹妹——拉维妮雅发现这个藏着一千多首诗的箱子时，震惊之余，她被这些凝聚着美和光辉的文字所感动，坚信这些诗作一定能够出版。通过她的大力奔走，再加上玛波·鲁米斯·陶德编辑的鼎力相助，第一辑的艾米莉诗本终于在 1890 年出版。

她的诗公开发表后，得到了越来越高的评价，经过半个世纪反复品评、深入研究，狄金森作为对美国文学做出了重大独创性贡献的大诗人的地位已经确立。有人断言，她是公元前 7 世纪古希腊萨福以来西方最杰出的女诗人，有人甚至把她和莎士比亚相提并论。她的诗歌和惠特曼的诗一样，已被公认为标志着美国诗歌新纪元的里程碑。

有人评说，她的诗让我们得以分享她"深刻的思维"：那关于死亡、永恒、自然、爱与诗的哲学。

德语灵魂里的不朽精灵

海因里希·海涅 1797 年 12 月 13 日出生在莱茵河畔杜塞尔多夫一个犹太商人家庭。父亲经营生意失败，家道中落；母亲是一位医生的女儿，喜好文艺。在她的影响下，诗人早早地产生了对文学的兴趣。

可是父亲希望儿子继承他的事业。于是，海涅却不得不遵从父命走上经商的道路。十八岁时海涅去法兰克福的一家银行当见习生，第二年又转到他叔父所罗门·海涅在汉堡开的银行里继续实习。

在富有的叔父家中，海涅遇到了对他的一生影响巨大的人物，那就是美貌的堂妹阿玛莉。海涅爱上了阿玛莉，但阿玛莉拒绝了他的爱情。

1819 年秋，因为纺织品公司经营失败，同时父亲也破了产。海涅完全放弃了经商，先后在波恩大学和柏林大学学习法律和哲学，然而从小爱好文艺的他却常去听奥古斯特·威廉·施勒格尔的文学课和唯心主义哲学家黑格尔的讲课。

施勒格尔是德国浪漫派的杰出理论家、语言学家和翻译家，海涅视他为自己"伟大的导师"。除此而外，海涅从其他著名浪漫派诗人的作品中也获得了不少启迪，如歌德、拜伦。海涅一度崇拜拜伦，甚至连着衣风格也相像，被称之为"德国的拜伦"。

1820 年秋天，海涅转学到了哥廷根大学，第二年再转到柏林大学。在柏林期间，海涅不但有机会听黑格尔讲课，还经常出入当地的一些文学沙龙，结识了不少当时著名的文学家。同时，他还参加犹太人社团的文化和政治活动。1825年，海涅在哥廷根获得法学博士学位。

海涅早在二十岁时就开始了文学创作，第一部成熟的作品《诗歌集》问世时却已三十岁。《诗歌集》所包含的海涅早期诗作有《青春的苦恼》《抒情插曲》《还乡集》《北海集》等组诗。这些诗歌风格清新自然，韵致天生，民歌色彩浓郁，充满浪漫主义气息。《诗歌集》一下就在德国引起轰动，从此奠定了海涅的文学地位。在海涅生前再版十三次，其中许多诗被音乐家谱上曲子，在德国广为流传，是德国抒情诗中的名作。

《诗歌集》最动人的是第二部分《抒情插曲》，包括六十五首短诗。由于初恋情人阿玛莉在1821年嫁给了一个有钱的地主，诗人遭受了巨大的心灵创痛。而在一年多以后的1823年5月，他在汉堡又邂逅阿玛莉的妹妹特莱萨，再次坠入爱河，然而再次失恋。他把那些真挚而感伤的爱情化入诗歌，成了流转光华的"玫瑰"。这些爱情诗歌细腻深情，委婉动人，获得了最广大的读者。尼采曾说："是诗人亨利希·海涅使我理解到抒情诗人的最高概念，在过往数千年的朝代中我找来找去都没能找到如此甜蜜如此热情的音乐。"

这些小诗抒写了作者青年时期的感受。内容多是海涅对阿玛莉可望而不可即的爱情。其中最有名的是《在美妙的五月里》《那花儿，那小小的花儿知道》《一颗星星落下来》等。

在《北海集》中，海涅用不讲究韵律的语言描写了大海的壮丽景象。多变的大海，日落时刻，壮丽非凡，而这一景象也成了作者自身的象征。

随着年龄的增长，见识的增加，海涅的文学创作也开始走向成熟。在1821至1830年期间，海涅曾到德国各地和波兰、英国、意大利旅行，他写下大量的游记和散文作品。这些作品中，他的书信和旅行随笔正与他的抒情诗一样的美丽，并且都散发着浪漫气息，便像带着露水的玫瑰一般叫人迷醉。

　　海涅在 1848 年革命失败后，忍受瘫痪的痛苦，用口授方式继续进行创作，并写下了许多优美诗篇。1856 年 2 月 17 日，海涅在巴黎逝世，葬于蒙马特公墓。

　　在德语近代文学史上，海涅堪称继莱辛、歌德、席勒之后最杰出的诗人、散文家和思想家。也是浪漫主义思潮在德国由消极转向积极这一过程的完成者。

水中百合

克里斯蒂娜·罗塞蒂是英国十九世纪的著名女诗人。她还是"先拉斐尔派"著名画家兼诗人但丁·加布里耶尔·罗塞蒂的妹妹。1830 年 12 月 5 日，克里斯蒂娜出生于伦敦。她的父亲是伦敦大学国王学院意大利语教授，完全靠家庭教学成才。她的第一首诗作是献给母亲的，写于 1842 年，那时她才十二岁。

她喜欢创造童话和童话诗，早期的诗歌如《妖精集市》，是运用民歌格律写出的童话叙事诗，写得活泼清新，童趣宛然。后期体现她这一风格、出色的作品还有《王子的历程》《赛会》，童谣集《唱歌》，儿童故事集《会说话的画像》等。

克里斯蒂娜拥有出众的美貌，一头浅棕色的长发，深褐色的眼睛，气质纯净而忧郁，常做"先拉斐尔派"画家的模特儿。她也常常出现在哥哥但丁·加布里耶尔·罗塞蒂早期的绘画作品中，最著名的是那幅《圣母领报》。

在那幅画里，天使加百利奉神的差遣，来到圣母玛利亚的面前："蒙大恩的女子，我问你安，主和你同在了！"画以白色为主色调，有一种宗教的庄严与纯净，身着白衣的克里斯蒂娜忧郁而美丽，周身弥漫着月光般的圣洁。

18 岁那年，她爱上了画家詹姆斯·科林森，由于他是罗马天主教徒，两年后他们解除了婚约。1862 年，她又爱上了查尔斯·巴戈特·凯利，但最终还是未能与他成婚，这一次的分手是因为凯利是一个自由主义者。这两次无果而终的恋爱反映在她的许多诗歌中。

她从此谢绝了一切尘世的欢乐，全心追求永恒的精神快乐。后期她的诗歌风格转向忧伤苍凉。

当我死了的时候，亲爱的 / 别为我唱悲伤的歌 / 我坟上不必安插蔷薇 / 也无需浓荫的柏树 / 让盖着我的轻轻的草 / 淋着雨，也沾着露珠 / 假如你愿意，请记着我 / 要是你甘心，忘了我

我再不见地面的青荫 / 觉不到雨露的甜蜜 / 再听不到夜莺的歌喉 / 在黑夜里倾吐悲啼 / 在悠久的昏暮中迷惘 / 阳光不升起也不消翳 / 我也许，也许我记得你 / 我也许，我也许忘记

诗人徐志摩很喜欢这首诗，并把它翻译成了中文，低回忧伤的情绪，纯净安宁的意味，柔美，圣洁，宗教式的悲悯情怀。像是柔风轻轻拂过松林的簌簌之声，月光照在呜咽山泉之上的通透之景，无法形容，只能惊叹女诗人心灵的幽微与优美。有人说，她最擅长的就是平静地述说思念的忧伤，将所有爱的痛楚和磨难化解在一片纯净柔和之美中。的确如此。

从 1871 年到 1873 年，克里斯蒂娜一直受到格雷夫斯氏病的折磨，在她康复以后，她几乎完全投身于宗教方面的写作。1894 年 12 月 29 日，她因癌症在伦敦去世，享年 64 岁。

她好像水流中一枝百合花，
又像一块岩石，带着青色的纹理，
遭到喧哗的潮水冲击。
爱上她，你就爱上了世间人情。

斯温朋赞叹她的诗里回响着"天堂的明澈而嘹亮的潮声"；伍尔芙称赞"她的歌唱得好像知更鸟，有时又像夜莺"，并且把她列在英国女诗人的首位。

夏日草叶

　　华尔特·惠特曼是美国浪漫主义最伟大的诗人。他于 1810 年出生于美国长岛一个海滨小村庄，父亲是个当地的农民。

　　惠特曼五岁那年全家迁移到布鲁克林。由于生活穷困，惠特曼只读了五年小学，十一岁就辍学了。他童年时期当过信差，学过排字，后来当过乡村教师，还进入报馆做过编辑。从小他就喜欢旅游以及欣赏大自然的美景，喜欢城市和大街小巷，喜欢歌剧、舞蹈、演讲术，喜欢阅读荷马、希腊悲剧以及但丁、莎士比亚的作品，喜欢广泛地结交朋友。

　　阅历的丰富与经验的积累给他的诗歌创作提供了极好的素材。他从 1839 年起开始文学创作，写一些短诗，同时参加当地的政治活动。1842 年他担任《纽约曙光》报的编辑。1846 年初，他又担任《布洛克林每日鹰报》的编辑，因在该报发表反对奴隶制度的文章，他于 1848 年 1 月被解职。1848 年西欧各国爆发革命后，对惠特曼影响很大。他在报纸上发表文章讴歌欧洲革命，并写了不少诗来表达自己的心境，其中包括《欧洲》《法兰西》《近代的岁月》等等。后来他还担任过《自由民》报的主编，但是终于因为政见不合，他于 1850 年脱离新闻界，重操他父亲的旧业——当木匠和建筑师，并开始潜心进行自己的诗歌创作。

　　这期间，他创作了他的代表作诗集《草叶集》，并于 1855 年在纽约出版。这时的诗集只有 12 首诗作,薄薄的一本。卷头有一幅惠特曼的铜版像。年轻的惠特曼心不在焉地站在那里对着镜头,斜戴着草帽,右手插在裤袋里正如他这部诗集的风格一样:年轻,朝气蓬勃,粗犷野性,肆无忌惮,但充满力量。这部诗歌多次再版后,到 1882 年版时,已增加到 372 首。

诗集得名于集中这样的一句诗:"哪里有土,哪里有水,哪里就长着草。"草叶是最平凡的事物,随处可见,但草叶也是最有生命力的东西,绿色,蓬勃,充满生机。惠特曼给自己诗集取名为草叶集,实际上是赋予了很深的象征意义的。

《草叶集》的出版对美国文学影响巨大。惠特曼在诗集里创造了一种新型诗体:自由体诗。即不受格律、韵脚的限制和束缚,任由思想和语言自由自在地发挥。惠特曼一生热爱意大利歌剧、演讲术和大海的滔滔浪声。西方学者指出这是惠特曼诗歌的音律的主要来源。这本诗集奠定了美国诗歌的基础,并从语言和题材上深刻地影响了二十世纪的美国诗歌。

但这本后来获得巨大声誉的著作出世时居然招致了一片骂声,初版《草叶集》印了一千册,一本都没有卖掉,全送了人。只有爱默生给诗人寄来了一封热情洋溢的信,他赞扬道:"它是美国至今所能贡献的最了不起的聪明才智的精华……伟大的力量总是使我们感到愉快的。我一向认为,我们似乎处于贫瘠枯竭的状态,好像过多的雕琢,或者过多的迂缓气质正把我们西方的智慧变得迟钝而平庸,《草叶集》正是我们所需要的。我为您的自由和勇敢的思想而高兴。"这让惠特曼大受鼓舞。1856 年 9 月增订后的《草叶集》第二版出版时,惠特曼特意把这封信的全文刊在封底,向这位曾经如此赏识他的老前辈致敬。

1861 年美国南北战争爆发。内战期间,惠特曼自请到纽约百汇医院做看护,后来又在华盛顿的军医院里服务。他全心投入,精心护理伤病的兵士,劳累过度,以致健康受损。

内战结束后,1865 年惠特曼自费发表了反映内战的诗篇《桴鼓集》。几个月后他又出版了一本续集,其中就包括悼念林肯的名篇《啊,船长,我的船长》。但因为内战时辛劳过度，惠特曼于 1873 年患半身不遂症，迁居新泽西州卡姆登养病，在病榻上挨过了近 20 年。

病榻之中他仍坚持创作。如这首诗：

那时，坚定的进入港口，

在经历了长期的冒险之后，衰老而疲惫，

饱经风浪的袭击，因多次战斗而破损，

原来的风帆都不见了，置换了，或几经修理，

最后，我仅仅看到那船的美。

《船的美》这首诗作于 1876 年。很容易让人想起《老人与海》，那样悲壮而倔强，闪现着永不屈服的人性之光。

1892 年 3 月 26 日惠特曼在卡姆登病逝。

惠特曼的一生，是在孤独中度过的，但是，他并不感到孤寂。从他《完美的日子》里就能看出，他对自己的生活状态非常满足，充满了感恩。

不单是来自成功的爱情，

也不是来自财富、中年的显赫、政坛或战场上的胜利，

然而当生命衰老时，当一切骚乱的感情已经平静，

当绚丽、朦胧、宁静的彩霞笼罩傍晚的天空，

当身体洋溢着轻柔、丰满和安宁，犹如更清新，更温馨的空气，

当白天呈现更柔和的光线，

完美无比的苹果终于熟透并懒洋洋地挂满枝头，

那才是最充满宁静和愉快的日子，

才是深思、幸福、美好的日子。

他是这样一个人，沉浸于一个自由理想的世界。"屋里、室内充满了芳香，书架也挤满了芳香，我自己呼吸了香味，认识了它也喜欢它"，那样纷扰的生活中，他还是能够"俯身悠然观察着一片夏日的草叶"。终其一生，他独自生活着，直到离开这个他眷念不已的世界。

当然，他也曾邂逅过爱情，并擦肩而过。那位大西洋彼岸的吉尔克利特夫人曾经写信给惠特曼："亲爱的朋友，人的心是如此热烈地向往，如

此渴求光明，并为它而憔悴……一个男人的强大而神圣的灵魂以炽烈的爱拥抱着她的灵魂，只有这样，只有这样，她灵魂中的甜美的胚芽才能迅速萌发……"惠特曼这样回信："我也充分而清楚地了解，我的书所激发的那封多情感人的来信中的确存在着这样美丽温柔的一种关系，并且已为我们双方所愉快接受，这就足够了。"

在另一封信中，他还坦率地表示："让我向你提出忠告，你可千万别虚构这样一个没有根据的想象中的人物，把他叫作华尔特·惠特曼，然后这样钟情地把你的爱倾注于他。实际上的华尔特·惠特曼是个非常平凡的人，根本不配受到这样的钟爱。"

在《草叶集》里，有这样一首诗歌，侧面折射了惠特曼的爱情：

从滚滚的人海中，一滴水温柔地来向我低语：

"我爱你，我不久就要死去；

我曾经旅行了遥遥的长途，只是为了来看你，

和你亲近，

因为除非见到你，我不能死去，

因为我怕以后会失去你。"

现在我们已经相会了，我们看见了，我们很平安，

我爱，和平地归回到海洋去吧，

我爱，我也是海洋的一部分，我们并非隔得很远，

看哪，伟大的宇宙，万物的联系，何等的完美！

只是为着我，为着你，这不可抗拒的海，分隔了我们，

只是在一小时，使我们分离，但不能使我们永久地分离，

别焦急，——等一会——你知道我向空气、海洋和大地敬礼，

每天在日落的时候，为着你，我亲爱的缘故。

"字字珠玑"的湖畔诗人

"华兹华斯"（Wordsworth）对于诗人来说是个梦幻般的名字，因为这个名字译成中文意思大约是"字字珠玑"。

华兹华斯是英国著名的浪漫主义诗人，与柯勒律治、骚塞同被称为"湖畔派"诗人。他于1770年4月7日生于北部昆布兰郡科克茅斯的一个律师之家，父母很早就去世了，全靠亲友监护长大。因此华兹华斯青少年时期的生活是十分贫寒的。

但是他生活湖区的旖旎自然风光，慰藉了他的心灵，陶冶了他的诗人气质。所以，他对自然有着"虔诚的爱"，将自然看成是自己的精神家园，并且开始写诗。他于1784年创作了他的第一首诗，那年他只有14岁。

1787年他首次离开湖区进入剑桥大学圣约翰学院学习，熟读了希腊拉丁文学，学习意大利文、法文和西班牙文。1790年长假期间，他与朋友罗伯特·琼斯步行穿越法国和瑞士。法国大革命期间，华兹华斯与另一个朋友威廉·卡尔弗特又踏上了游历英格兰西部的旅途。这次旅游极大地开阔了他的视野，给他以深刻影响。50年后，他还对一个朋友说，它"深深地烙在我脑海里，今天回忆起来仍宛若发生在昨日"。

回国后不久，局势剧变，华兹华斯对法国大革命的态度由向往和憧憬转为怀疑和失望，在政治上也渐渐趋向保守。

1795 年，华兹华斯从一位朋友那里接受了一笔遗赠年金，这让他回归大自然的夙愿有了实现的可能，于是，他和妹妹多萝茜搬进了北部山地的湖区，从此，真正地回归大自然，并在此度过了一生。多萝茜和哥哥一样，也是个热爱大自然的具有诗人气质的女子，她终生未婚，陪伴着哥哥与诗歌。

华兹华斯 1797 年同诗人柯勒律治相识，他们一见如故，相见恨晚。兄妹两人决定迁到柯勒律治住所附近，以便时相过从。于是，"共有一个灵魂的三个人"常常一起在湖边散步，或是在茵茵草地上读书，捕捉灵感，或是在湖边迎风而立，构思诗篇。从此华兹华斯进入了他诗歌创作的鼎盛时期。

1798 年华兹华斯与柯勒律治共同发表了《抒情歌谣集》，这是华兹华斯一生中最重要的作品之一。名篇有《孤独的割麦女》，苍凉忧伤，富有民歌风味。

华兹华斯的诗歌以描写自然田园风光和少男少女闻名于世，"一反新古典主义平板、典雅的风格，开创了新鲜活泼的浪漫主义诗风"。在他的早期诗歌《晚步》和《素描集》中，对大自然的描写基本上未超出 18 世纪的传统。然而，从《抒情歌谣集》开始，他开始一反 18 世纪的诗风，开创了英国文学史上浪漫主义诗歌的新时代。

读着他这个时候的诗歌，仿佛只觉一缕含着湖水湿气和花草芬芳的清新之风扑面吹来。他的诗歌朴素自然，充满清新之美，纯真之美，却又低回着淡淡的忧伤和莫名的孤独，充满了迷人的魅力。

尔后两年华兹华斯与柯勒律治一同到德国游历，在那里创作了《采干果》《露斯》《露西》，并开始创作自传体长诗《序曲》。

1800 年《抒情歌谣集》再版时华兹华斯写了序言。他为这部诗集再版所写的序言被认为是浪漫主义文学的宣言，宣告了浪漫主义新诗的诞生。他的作品还有《不朽的征兆》以及由《序曲》和《漫游》两部分组成的哲理性长诗《隐者》等。作于 1807 年的《咏水仙》，是他的名作，表达了诗人向往大自然的诗意情怀。在这首诗里，水仙所象征的，是大自然的精华，诗人视水仙所象征的大自然精华为慰藉苦闷的最好良药，写得亲切自然，优美纯净。

华兹华斯还擅长写儿童诗，他著名的儿童诗《我们七个》写得纯净晶莹，却又含有深刻哲理。他在《每当我看见天上的彩虹》一诗中感叹着："儿童是成年人的父亲。"他在《序曲》中关于自己童年生活的回忆也写得趣味盎然，清新活泼。也许正是因为保有一颗童心，使得诗人的诗作有一种未经雕琢但朴素动人的美感。

1843 年华兹华斯被封为英国"桂冠诗人"，为宫廷写了不少应景诗，艺术成就大不如前。雪莱还写过《致华兹华斯》来感叹这位曾经给予他巨大影响的诗人的转变。

1850 年 4 月 23 日华兹华斯卒于里多蒙特。他被公认为是继莎士比亚、弥尔顿之后的一代诗歌大家。

一曲生命的新歌

伊丽莎白·芭蕾特·布朗宁，是 19 世纪英国著名女诗人，出生于 1806 年 3 月 6 日。她家境十分富裕，从小过着林中溪边嬉戏的无忧无虑的生活。在她出生的年代，英国还鲜有女孩子上学读书，但是由于她十分渴望读《荷马史诗》，她的弟弟教会了她古希腊文，从此，她博览群书，知识与日俱增。她曾快活地告诉母亲她喜欢写诗。她无数次怀念童年美好的生活：

"对啦，叫我的小名儿呀！让我再听见
我一向飞奔着去答应的名字－－那时，
还是个小女孩，无忧无虑，沉浸于
嬉戏，偶尔从一大堆野草野花间
抬起头来，仰望那用和蔼的眼
抚爱我的慈颜。我失去了那仁慈
亲切的呼唤，那灵衬给我的是
一片寂静，任凭我高呼着上天，
那慈声归入了音乐华严的天国。
让你的嘴来承继那寂灭的清音。
采得北方的花，好完成南方的花束，
在迟暮的岁月里赶上早年的爱情。

对啦，叫我的小名儿吧，我，就随即

答应你，怀着当初一样的心情。"

正是童年于大自然环抱中自由嬉戏与亲人们温馨甜蜜的生活，赋予了伊丽莎白以写诗的灵气。

然而，15 岁那年，毫无征兆的灾难突至。她骑马摔了下来，因为脊椎摔坏，她从此躺在了床上——对于那段生活，她曾经写道："我仿佛站在人世的边缘，什么都完了。有一段时间看来，我从此无法再跨出房门一步。"可是，不幸接踵而至。不久，母亲去世；再后来，她至亲的弟弟溺水死在河里。

此时，生活对于伊丽莎白来说是犹如漫漫长夜，不见阳光。她于是沉默寡言，只是把所有的灵气与梦想全部凝聚于笔下，于纸上，活泼泼地流淌出那些充满自由驰骋的想象力，蕴含着大自然清新，闪烁着诗人心灵之美的诗句。

不久，伊丽莎白的父亲将家搬到了伦敦，手足情深的妹妹将她的诗投寄给伦敦的报纸，希望有人来关注到姐姐的才华。妹妹的心愿实现了。伊丽莎白的诗歌感情真挚，直抒胸臆，具有音乐美和韵律美，艺术造诣极高，很快，越来越多的人关注到她的诗歌，1838 年，她以诗集《天使及其他诗歌》成名。她的另一首代表作有《孩子们的哭声》（1844）也获得了称赞和认可。她成为了"睡在床上和坐在椅子上的女诗人"。

同时，伊丽莎白没有想到的是，这些登在报纸上的诗带给她的，不仅仅是文学成就上的认可，还给她带来了生命中最需要的阳光——爱情。

罗伯特·布朗宁生于 1812 年，比伊丽莎白小六岁，他当时也已经是英国文坛上的成名诗人。布朗宁看到了报纸上伊丽莎白的作品，深深折服。他于 1845 年 1 月 10 日第一次写信给伊丽莎白，在信中，他将伊丽莎白的那些诗篇比作开放的花朵："假使让这些花晒干，把透明的花瓣夹进书页，对每一朵花写下说明，然后合起书页，摆上书架，那么，这里就可以称为'花园'了。"伊丽莎白回信说："心灵的共鸣是值得珍爱的……一位诗人的共鸣对于我更是达到同情的极致了。"从这一天以后，布朗宁和伊丽莎白在整整四个月的时间里天天通信。据说，在那段时间里，每天，伊丽莎白最盼望的就是在家家户户吃晚饭的时候，静静地，"悄然一人"听到邮差送信的脚步声。

这时，两人都只是把对方视为知己好友，感到的只是文学创作上的共鸣的欣喜。

"是幻想——并不是男友或女伴，
多少年来，跟我生活在一起，做我的
亲密的知友。它们为我而奏的音乐，
我不想听到还有比这更美的。"

布朗宁第一次前去看望伊丽莎白时，一百多年后有人这样描写她当时的情状——"生命只剩下一串没有欢乐的日子，青春在生与死的边界上黯然消逝，瘦小的身子，蜷伏在她的沙发上，贵客来都不能欠身让座。"

她 39 岁，而他 33 岁，她常年卧病，而他英俊潇洒，但是，她那双忧郁而灵气横溢的黑眼睛令他以后再也没能忘怀，并且，一辈子魂梦相连。在他们初次相见的第三天，勇敢的诗人向心中的女神写出了第一封情书。伊丽莎白收到信件，是不安的，她回信给他说以后再也别说这种"不知轻重"的话——"为了我，请忘了这件事吧。"她已经认定自己的生命将像"青苔一样寂寞"。

"当初我俩相见，一见而倾心的时光，
我怎敢在这上面，建起大理石宫殿，
难道这也会久长——那来回摇摆在
忧伤与忧伤间的爱？不，我害怕，
我信不过那似乎浮泛在眼前的
一片金光，不敢伸出手指去碰一下。"

布朗宁被拒绝后，作为一名诗人，也写下了这样的诗句：
"我握你的手，将只握礼节允许的时间
或许再稍微长一霎时！"

布朗宁依然坚持每个星期去看望伊丽莎白一次，并带上一束鲜艳欲滴的玫瑰。后来，伊丽莎白将这些日子称为"一整个昏暗的星期中最明亮的一天"。

终于，多次求婚与多次拒绝后，诗人炽热的爱与真诚的心打动了伊丽莎白，他们相恋了。伊丽莎白的生活重新洒满了阳光。她静静写道："……我清楚地记得，过去我经常在那些湿漉漉的青草中散步，或者在那些深可没膝的野草中'淌'过。阳光照耀在头上，一阵风吹来使得周围一片青翠，明亮了然后再暗下来……但这些都不是幸福，亲爱的爱人啊，幸福并不是随太阳或雨水而来……我本以为我算是幸福的，因为我在死亡面前十分平静。现在，自从我成为一个人的爱人，我才第一次懂得了与死亡分开的生命，懂得了没有哀怨的生命……"

伊丽莎白开始离开她蜷缩了多年的屋子，先是被人抱着下楼，接着可以在搀扶下自己下楼了。她告诉布朗宁："人人都大吃了一惊。"布朗宁欣喜地鼓励她说："下次再试试，一定！你周围的一切都在这样恳求你！"爱情创造了奇迹，瘫痪了 24 年后，伊丽莎白居然重新站了起来。她告诉布朗宁："如果到了天气暖和的时候，我的健康更好一些，那么到那时候，由你决定吧。"

然而，伊丽莎白的父亲反对两人的结合。为了追求爱情，1846 年 9 月 12 日，伊丽莎白和布朗宁私奔，在教堂举行了简单的婚礼。从此，伊丽莎白就成了布朗宁夫人。

1847 年的 4 月，他们移居到风光旖旎的佛罗伦萨。有一天晚上，伊丽莎白才把一叠诗稿悄悄放入丈夫口袋，并说如果他不喜欢就烧掉它们，它们始作于他向她求婚的那一天，止于他们结婚的那一天。40 多首爱情十四行诗，首首美如晶莹晨露，闪烁着对爱、美、自由的永恒追求和向往。布朗宁看到一半时就知道"这是自莎士比亚以来最出色的十四行诗"。这些诗稿后来出版时，布朗宁夫人为了隐其身份，将之命名为《葡萄牙人十四行诗集》：

"正像是酒，总尝得出原来的葡萄，

我的起居和梦寐里，都有你的身影。
当我向上帝祈祷，为着我自己，
他却听到了另一个名字，那是你的；
又在我眼里，看见了两个人的眼泪。"

这部《葡萄牙人十四行诗集》就是他们爱情生活的真实写照。它是英国文学史上的珍品之一。其美丽动人，甚至超过莎士比亚的十四行诗集。有很多人译过这本诗集，如闻一多、金庸等。

我是怎样爱你？诉不尽万语千言：
我爱你的程度是那样高深和广远，
恰似我的灵魂曾飞到了九天与黄泉，
去探索人生的奥妙，和神灵的恩典。
无论是白昼还是夜晚，我爱你不息，
像我每日必需的摄生食物不能间断。
我纯洁地爱你，不为奉承吹捧迷惑，
我勇敢地爱你，如同为正义而奋争！
爱你，以昔日的剧痛和童年的忠诚，
爱你，以眼泪、笑声及全部的生命。
要是没有你，我的心就失去了圣贤，
要是没有你，我的心就失去了激情。
假如上帝愿意，请为我做主和见证：
在我死后，我必将爱你更深，更深！

诗歌和爱情令布朗宁夫妇过着"太幸福"的生活。布朗宁夫人给妹妹写信说："我叮嘱他，千万不要逢人就夸妻子跟他一起去过这儿去过那儿了，好像能用两条腿走路的妻子是天下最宝贵的。"

这份美满甘甜的婚姻，不仅仅使布朗宁夫人重新站立起来，更让她在1849年生下了儿子，拥有了一个美满幸福的家庭，并且，也使她"更从闺秀文学走出新风格，奠立文坛巨匠的地位"。

他们一起度过了15年的时光，15年中从不曾有一天分离过，就像他们结婚前从不曾有一天中断过情书一样。1861年6月29日，布朗宁夫人只是患了轻微的感冒，晚上，她依偎着她的爱人，商量着消夏计划，并微笑着"用最温存的话表达她对他的爱恋"，直到感到倦意，于是，在他的胸前沉沉睡去，再也没有醒来。

那样安详，那样恬静，在爱人怀中，定格成永恒的美丽姿势。

正如她的诗歌那样，美得如同一个几乎不真实的传奇。

请再说一遍我爱你，

说了一遍，请再对我说一遍，

说"我爱你！"即使那样一遍遍地重复，

你会把它看成一支"布谷鸟的歌曲"；

记着，在那青山和绿林间，

在那山谷和田野中，如果她缺少了那串布谷鸟的音节，

纵使清新的春天披着满身的绿装降临，

也不算完美无缺，

爱，四周那么黑暗，耳边只听见

惊悸的心声，处于那痛苦的不安之中，

我嚷道："再说一遍：我爱你！"

谁会嫌星星太多，每颗星星都在太空中转动；

谁会嫌鲜花太多，每一朵鲜花都洋溢着春意。

说，你爱我，你爱我，一声声敲着银钟！

只是要记住，还得用灵魂爱我，在默默里。

在意大利期间，布朗宁夫人除发表了《葡萄牙十四行诗集》（1850）外，还写下《圭迪公寓的窗子》（1851）和《在大会以前写的诗》。她被称为"英国最有才情的女诗人"。

20多年以后，维多利亚时代著名的大诗人罗伯特·布朗宁，也追他的妻子而去了。

100多年以后，布朗宁夫人的诗歌还有爱情，仍然感动着无数的人："全世界的面目，我想，忽然改变了，自从我第一次在心灵上听到你的步子，轻轻，轻轻，来到我身旁——穿过我和死亡的边缘：那幽微的空隙。站在那里的我，知道这一回该倒下了，却不料被爱救起，还教给一曲生命的新歌。"

风中玫瑰

　　玛丽·雪莱于 1797 年 8 月 30 日出生在伦敦。她是英国著名的浪漫主义诗人雪莱的妻子，同时，玛丽本身也是一个才华横溢的女性，她是英国小说家、短篇作家、剧作家、随笔家、传记作家及旅游作家，并且，她还有一个称号："世界科幻之母"，她写下了全球第一篇科幻小说，从此科幻小说登上文学的历史舞台。

　　她的父母都是叱咤风云的政界名人，母亲是著名女权主义者、教育家和作家玛莉·渥斯顿克雷福特，父亲是自由主义者、哲学家、信奉无政府主义的记者、信奉无神论的异见人士威廉·戈德温。不幸的是，1797 年玛丽出生后十天母亲就因产后感染而去世。玛丽的父亲很快再婚，玛丽只好和继母、异母兄弟一起生活。在家中，父亲亲自教导儿女们学习，玛丽是在一个有着浓郁文学环境的氛围中长大的，所以，虽然从未受到任何正规教育，玛丽却具有极高的文艺修养。

　　1814 年 5 月，16 岁的玛丽结识了年轻的诗人珀西·雪莱。雪莱被玛丽的容貌和风采所折服，而雪莱的才华横溢也让玛丽抑制不住地心动，两人迅速坠入爱河。两个月后，他们不顾众人反对，一起私奔离开了英国，前往意大利。

　　在欧洲漂泊一段时间后，他们终于找到了暂时的栖身之处：雪莱好友著名诗人拜伦在日内瓦湖畔的别墅。住下之后，在风光旖旎的日内瓦，他们度过了一段惬意美妙的时光。两位诗人和玛丽白天一起散步、爬山和划船，夜晚一起相聚交谈。

这一年，印度尼西亚的火山爆发导致了这个夏天世界范围内的大量降雨。有一天晚上，雨下了很久还没有停的意思，拜伦与雪莱于是就待在日内瓦的别墅里，旁坐的还有玛丽以及拜伦的私人医生波里多利。拜伦忽然兴起，提议大家各写一篇神怪小说。四个人都动了笔，包括两位当时享誉欧洲文坛的浪漫主义领军人物拜伦和雪莱。

但这三位男士都无法终篇，唯有玛丽越写越认真，越写越投入，欲罢不能，竟然完成了一篇惊世骇俗的杰作，这就是她后来享誉世界的科幻巨著《弗兰肯斯坦》，也就是她的第一部也是最重要的一部作品。写下这部小说时，她年仅十九岁。

《弗兰肯斯坦》写的是一个科学家弗兰肯斯坦在实验室经过多次探索，制造出一个具有生命和意识的怪物，尔后又将之毁灭并且同归于尽的故事。这部小说"既不是一部仅仅追求情节曲折，也不是一个纯粹属于自然科学的幻想故事"，不仅想象奇特，并且思想深刻，它隐含着自由、平等、博爱的思想，对科学和人性都进行了深入的思考。

她用了几个月的时间完成这部长篇小说，1817年当她离开瑞士时，她的手稿已经写完。一年以后，这部小说问世后马上引起轰动，成为畅销书，以其创新的形式、深刻的思想、奇异的想象和丰富的内容获得广泛的称道，被人誉为"有史以来最伟大的恐怖作品之一"。至今，它已经被翻译成百余种语言，改编成近百种戏剧和影视，进入经典作品的行列，以"科学哥特小说"的开创之作而进入不朽的名著之林。

这为当时只有二十岁的玛丽赢得了极大的声誉，她的知名度一度超过了作为诗人的丈夫——雪莱。

雪莱与玛丽有很多共同语言，雪莱曾经把她称为"一个能体会诗情和理解哲学的人"，喜欢与她一起学习和读书。但玛丽的家庭负担也变得越来越重，家里除了雪莱与前妻和她自己的孩子，还有简·克莱尔与拜伦的女儿艾格拉·拜伦。

1819年，当她的两个孩子感染到她与丈夫共有的一种病菌而双双夭折时，玛丽几乎神经崩溃。而1822年雪莱在从拉斯佩济亚到热那亚的船上，不幸落水身亡。丈夫之死，更是让她痛苦难言。但她还有一个儿子，也正是因为他，玛丽必须振作自己。于是，她带着不满三岁的儿子回到了英国。

雪莱的父亲对她很苛严，只供她微薄的津贴。玛丽毅然辛苦笔耕，她全身心投入到写作之中，没有再婚，孤独终老。

玛丽·雪莱的主要科幻作品除了《弗兰肯斯坦》之外，还有一部《最后一个人》，这是她后来最重要的作品，在这部作品中，人类集体毁灭，只剩下最后一人——这个思路影响了后来的很多科幻小说家。

1851年她去世后由别人整理出版了《故事集》。此外还有纯文学小说等。

玛丽另一项贡献就是为亡夫编印遗作。雪莱死后留下不少迄未发表的作品，那首500多行的未完成长诗《生之凯旋》就是一例。1824年，她出版了《雪莱诗遗作》，1839年又发行一套《雪莱诗集》。

治愈系的枕草子

　　《枕草子》是日本平安时代女作家清少纳言的散文集，和紫式部的《源氏物语》并称为日本古典文学史上的双璧。《枕草子》的意思就是放在枕边随意翻阅的笔记作品，它的主要内容就是对日常生活的观察和随想。

　　清少纳言大致生于公元966年，家学渊源，深通和歌又熟谙汉学。十六七岁时，清少纳言与橘则光结婚，生下一子后，就离婚了。公元993年开始，入宫成为一个天皇皇后定子的家庭教师之一。

　　《枕草子》描述日本宫廷生活那段时光，是清少纳言奉伺皇后的时期，差不多从27岁左右至37左右，"这短短的不到10年的时间，乃是清少纳言一生中最幸福的时节，也即是《枕草子》里面所见者是也"。

　　在这十年里，她用一支灵隽的笔记下了自然四季微妙的变化，山川草木的风姿情趣，文字清淡，却意味无穷，独具意蕴。这样的书，最好是用线装的泛黄的纸，于窗下清风中静静看来，只觉袅袅有古意，身处大自然中，体会那种天然之韵。

　　《枕草子》全文共11卷，共有305段。全文大体可分为3种形式的段落。一是类聚形式的段落，二是随笔形式的段落，三是日记回忆形式的段落，片断性地记录了清少纳言自己出仕于中宫定子时的宫中见闻，也可说成是宫仕日记。

她在第一段《四时的情趣》里细致描述四时的变化与意趣，开篇第一句话便是"春天是破晓的时候最好。渐渐发白的山顶，有点亮了起来，紫色的云彩微细地飘横在那里，这是很有意思的。"像是和一个朋友在春日的下午随意聊天，如此轻松，如此平和，又如此欣喜。

她描写着"夏天是夜里最好。有月亮的时候，不必说了，就是在暗夜里，许多萤火虫到处飞着，或只有一两个发出微光点点，也是很有趣味的。飞着流萤的夜晚连下雨也有意思。"那流萤闪烁的夏夜画面，仿佛就呈现于眼前。而秋日则是"傍晚最好"，冬日是"早晨最好"。

她描写太阳："夕阳。当太阳已经落在山后的时候，还看得见红红的太阳光，有淡黄色的云弥漫着，实在是有趣。"她描写月亮："蛾眉月好看。在东边的山峰上，很细地出来，是很有趣的。"她反复在文中使用"有意思""有趣"，纯用白描的手法，观察惊人得细致入微，寥寥几句，可是诗意盎然，耐品耐读，让人的心也跟着轻盈活泼起来。

她在文中抒发自己对于时间流逝的感悟："毫不停留地过去的东西是：使帆的船，一个人的年岁，春，夏，秋，冬。"文已尽而意无穷。

清少纳言对自然界一切清新、纤细、流动的美的细致感知，经过她极清淡然而极灵动的笔触表达出来，语出天然，毫不矫揉，呈现出一种明亮的可掬可感之美。并不同于当时日本社会传统审美的"物哀"主流，所以此作品被称作"阳性""青春"而又"富于高度理智"的文学。

只觉芬芳满颊。这，是需要极淡，极静的心境才能擒住一缕清香的吧？将那些微小的、洁净的、令人怦然心动的记忆或者思想的零碎片段，细细地收藏在心灵的某个角落，等到某个情绪低落的日子，轻轻翻赏，抬起头来，重又恢复明澈的笑容。

那些细小的美丽，即使是看着文字里的描述也觉得极其轻松舒服。

有时人生是需要停下匆匆赶路的脚步，去感觉生命中的一切。而所谓闲情雅致，对现代人来说成为了奢望。这时，读读这本书，像在路上行色匆匆，却突然蹲下，细细观察一朵花的缓缓绽放，心中溢满清香。仿佛才发现，生命原来如此美好。

　　皇后过世后，她才又再婚，生有一个女儿。可是丈夫不久去世了。她回到京都来，寄寓在兄长的家里，但是后来只剩了她一个人，晚年似乎过着僻静的隐居生活。

　　她见证了宫廷中权势更迭交替的冷漠残酷，也饱尝了自己身世飘摇之苦难艰辛。而她心中所感知的那些纯粹的、唯美的细节，让她始终平和喜悦。"当她所拥有的、所尊崇的、所原以为会成为永恒的那些，在残酷的政治争斗中全部被毁灭，只有这些回忆的片断才是她心灵最后的皈依。这些沾染不上鲜血和杀伐之气的细节的美丽，才是她生命最后全部的价值所在。"是她笔下的文字让她的心灵，始终生动清灵、温暖治愈。

　　《枕草子》在日本文学界地位很高，与鸭长明的《方丈记》和吉田兼好的《徒然草》同为日本文学三大随笔。

芒果树上的小屋

很清新的一本书，纯净优美，微尘不染，浸透童真的气息，主题是关于成长，关于童年，关于爱的寻找。

几十篇短篇，独立成章而又互相连接，泛泛地讲着一个人、一件事、一个梦、几朵云、几棵树、几种感觉，如一个小女孩，睁着一双童稚的眼睛，在你面前，细细"讲述成长，讲述沧桑，讲述生命的美好与不易，讲述年轻的热望和梦想"，不经意间便迷上了这些简单得没有情节，但是却像泉水般清凉地流过你的心的文字。

平淡琐碎的文字，却有一种亲切的温柔，仿佛夏日午后的微凉的风轻轻拂过，触动每一根敏感纤细的神经。这样的书，像一个明丽的小柠檬。涌动着似曾相识的感动。仿佛自己遗忘的儿时的记忆。

"只有妈妈的头发，妈妈的头发，好像一朵朵小小的玫瑰花结，一枚枚小小的糖果圈儿，全都那么拳曲，那么漂亮，因为她成天给它们上发卷。"那些甜美可爱的语句，有小蛋糕一般芬芳的气息。看似稚嫩朴拙，却能如此轻柔地触动人的心灵，如清风吹涧，落花轻坠，像是婴儿绽出的第一个笑容。

成长过程中的泪与痛，欢乐与悲伤，都用如此朦胧优美的手法表现出来，诗意盎然而哲理深邃，看她用清澈的眼打量周围的世界，用诗一样美丽稚嫩的语言："你永远不能拥有太多的天空。你可以在天空下睡去，醒来又沉醉。在你忧伤的时候，天空会给你安慰。可是忧伤太多，天空不够。蝴蝶也不够，花儿也不够。大多数美的东西都不够。于是，我们取我们所能取，好好地享用。"低低念着这些句子，只觉唇齿含香。

作者是墨西哥裔的美国人埃斯佩朗莎，她在少年时期一直生活在芝加哥拉美移民社区芒果街，在她30岁那一年，凭借《芒果街上的小屋》成名，另著有短篇故事集《喊女溪及其他》和诗集若干。她在书中写道：她会听我念给她听的每一本书，每一首诗。一天我读了一首自己写的给她听。我凑得很近。我对着枕头轻轻耳语："我想成为／海里的浪、风中的云／但我还只是小小的我／有一天我要／跳出自己的身躯／我要摇晃天空／像一百把小提琴。"

很好，非常好。她用有气无力的声音说："记住你要写下去，埃斯佩朗莎。你一定要写下去。"那会让你自由，我说好的，只是那时我还不懂她的意思。

她也确实坚持下去了，无论生活如何繁琐细碎，写作让灵魂自由。不停地写着童话一样的文字，让人沉浸，然后思索。

奈保尔的《米格尔街》也是以孩子的视角写一个小镇上的人物，极美。类似的作品还有尼日利亚人本·奥克瑞的《饥饿的路》，英国女作家詹妮特·温特森的《守望灯塔》，以及卡波特的一个短篇《圣诞节忆旧》。

作者在出中文版的时候说，虽然你不住在芒果街，但也许在中国也有类似的这样一条街，它混乱，底层丑陋平凡，甚至不安全，但你在里面度过了整个温暖安全的童年。

梦中纯净的那个湖

《茵梦湖》是德国十九世纪的小说家施笃姆所写下的抒情小说集。清新如洗的语言，如诗如梦的意境，一下就让人的心宛然沉静。

喜欢那些轻灵曼妙的作品，便若精灵，熠熠地闪着微光向星空飞去。

这本书展现了十九世纪德国风土人情的广阔画面，那静谧地笼罩着薄雾的小河，那有着闪闪发亮的叶子以及带着新鲜露珠与芬芳清香的果子的果园，女孩子回眸间清灵的一笑，少年悄悄思慕的眼神，开着大朵雪白的睡莲，犹如在梦中一般的蓝色湖泊，上面，有优雅的天鹅正拍翅缓缓飞过……

无法形容的美。

最让人心醉神迷的还是与小说集同名的小说《茵梦湖》，它是浪漫主义的一篇中篇小说代表作。

一个垂垂老矣的老人凝视着湖水之上的雪白莲花，年少的记忆忽然涌上心头。少年的莱茵哈德一直在乡间生活，他和青梅竹马的伊丽莎白过着无忧无虑、快乐恬静的生活。后来他不得不到外地去求学，只好同伊丽莎白暂时分开，这期间伊丽莎白的母亲把女儿嫁给富豪子弟、莱茵哈德少年时代的同学埃西里。伊丽莎白只好服从母亲的意志和压力，婚后，她没有得到幸福，而是经常怀念莱茵哈德。而莱茵哈德，也终生未婚，始终想念着伊丽莎白。

一个人在他年老之时，少年时的记忆便如同泉水一般清亮，往日的欢笑、泪水、快乐、兴奋、遗憾、失落……潮水般涌上心头，他比任何时候都知道自己真正珍惜的是什么。

特别愿意沉浸其中的是那诗化的意境。主人公莱茵哈德写给伊丽莎白的情诗串起了整个故事，这种表现手法，也让整篇小说呈现出一种朦胧的梦幻的美。

比如说这首"此处山丘之旁 / 风息静寂无声 / 巨树低垂长臂 / 姑娘安坐绿荫……"，让人强烈地感到青春和大自然的美好，自然，也能感觉得到莱茵哈德对姑娘的眷念之情。

小说的象征手法也富有诗意，清涟湖水之中，白色睡莲即象征可望而不可即的幸福，如同年少时的爱情，可以遥遥观望，然而不可触摸。是永远无法实现的梦境。也许，正因为此，也就更显得超凡脱俗，无可比拟的美丽。

少年时代，每个人的梦中，确实存在着那么一个纯净得如同婴儿眸子一般的湖泊，清澈干净，倒映着蓝天、白云的影子。那里藏着的，是单纯美好的梦想。

长大后，茵梦湖便会离我们远去，我们再也找不见茵梦湖，正如我们再也找不见曾经的单纯与美好。茵梦湖，不过是我们在成长过程中因现实所迫而失落的一个梦罢了。

然而，长大了的我们也会常常沉思着，怀念过去单纯美好小幸福。在怀念中，我们仿佛又回到了茵梦湖，在湖畔边走边寻觅，重温过去的记忆。就算我们年华老去，鹤发苍颜，可是，存在于每个人心中的茵梦湖仍然清新如昔，纯净如旧，它是永远不会老去的年少情怀。

这，便也足够。

读罢这本书，掩卷之后，不由得想了解这个国度。德国人，可谓是公认的严谨，可骨子里，又蕴藏着一丝温柔，浸透忧伤的浪漫，让人看见了严谨之下的一份柔软。

月光下纯净的童心

绿色封面的小书，洋溢着光亮与芬芳的句子。封面上，一个娇憨可爱的孩子睡在弯弯一眉新月上，口角含着宁静的笑容。屏住呼吸，小心地拿起那本书，轻轻柔柔地翻开，生怕把那正做着好梦的孩子惊醒。

泰戈尔的《新月集》，是秀嫩天真的儿童世界，水晶般莹洁剔透的童心，明亮的月光，浓郁的印度风情，这一切都令人迷醉。

《金色花》里，诗人活泼泼地写着："假如我变了一朵金色花，只是为了好玩，长在那棵树的高枝上，笑哈哈地在风中摇摆，又在新生的树叶上跳舞。妈妈，你会认识我么？"

在母亲呼唤孩子的时候，金色花在绿荫中悄悄微笑，在母亲沐浴后，金色花把自身的香气静静送到母亲身边，而在母亲阅读之时，金色花把自己那圆圆的、小小的影子投射到了书页上，而在母亲想念孩子的时候，金色花轻轻坠下地来，又变成母亲的孩子。

在这里，金色花如同一个顽皮的、喜欢和妈妈捉迷藏的孩子。看到那灿然的金色花，你能想象到那是一个孩子的笑脸吗？

《纸船》里，诗人则写得温婉而宁静："我把园中长的秀利花载在我的小船上，希望这些黎明开的花能在夜里被平平安安地带到岸上。""夜来了，我的脸埋在手臂里，梦见我的纸船在子夜的星光下缓缓地浮泛前去。"

真美，我想当我还是个小小的孩子时，在夜的怀抱中睡熟了。那时，我的梦中，可曾出现过满天星光里，睡仙正抱着一篮子闪闪烁烁的梦之花朵缓缓泛舟而来？

像这样动人的篇章还有很多很多。阅读着这样满含着阳光的光亮与绿叶的芬芳的句子，心灵仿佛被净化了一般，忽然沉静。

泰戈尔出生在西孟加拉邦加尔各答市。他的父亲戴宾德纳特·泰戈尔是闻名的哲学家和社会活动家。1912年，泰戈尔以抒情诗集《吉檀迦利》获诺贝尔文学奖。获奖理由是"由于他那至为敏锐、清新与优美的诗；这诗出之于高超的技巧，并由于他自己用英文表达出来，使他那充满诗意的思想业已成为西方文学的一部分"。

在他的心里，满弥着温柔和爱，才能写出如此洁净，如此动人的诗。那些珠玉一般的句子，歌谣一般从他的笔下吟唱出来，醉了整整几代人。

诗人之所以伟大，是他们对这个世界有一颗深爱着的心，那颗心犹如孩子的心一般纯净透明。所以泰戈尔不朽，《新月集》永恒。

生命如此多情

在一个书吧，我随手翻开一本游记，立刻被迷住了。虽然现在我已经记不起这本书的名字，但幸好，里面的一些精彩的篇章我在看书的时候，用笔在笔记本上记下来了。

这是一本美如童话的书。

这是一本记载着世界上 200 个令人心醉神迷的风景瞬间的书。

缓缓翻开那厚实的书页，一张张美若夏日剪纸一般的图片跃入眼帘，刹那芳华，连空气仿佛都已静止。

那份惊艳，是几乎令人疼痛的美丽。有精美的文字附于旁边，溪水一般潺潺流动，浅，而清澈。

甚至连标题，目光轻轻掠过——普罗旺斯、巴黎、里斯本、蓝山……心中都能轻轻一动，涟漪般在空气中曼开，那是一种久违的温柔和宁静，霎时能将人的目光浸成一派冰清雪净。

《初夏的天堂》，那是波兰初夏的河边，丛林依然生气勃勃，令人不禁相信绿野仙踪，真的就曾发生在这样的环境里。《丹麦：冬天的童话》，凡世的琐碎平庸在这里不值一提，有的只是安谧宽广的新世界。最爱《普罗旺斯才有薰衣草》，画面上那一大片迎风摇曳的紫色，文字婉转，寥寥数语，仿佛就让你拥抱到了那无穷无尽的美丽色彩与芳香。原来，即使不在梦中，我们也能轻轻握住那一盈的美好、浪漫、清新，也能拥抱那无可言说的世界。

还有，那么多美丽得几乎不真实的地方：

爱琴海——坐着夜船到希腊的小岛，深蓝色爱琴海像雅典娜幽邃的眼睛，度蜜月的情侣醉在白色和蓝色的幻境之中；

马尔代夫——有最美的大海，有令人憧憬不已的"椰林树影、水清沙幼"，是在一段紧张生活后完全放松自己的度假胜地；

蒙特利尔——叶是枫的前生，糖是它的后世；色是枫的前生，味是它的后世。蒙特利尔的美丽，就这样在前生后世中翻转轮回……

在序中，作者说："在这两年的旅程中，我们不过是花费了大概50万美元的身外财物，却深切领略了上帝造物的伟大。回想起来，这段旅程真是一场不折不扣的朝圣。没有同样经历的人，是无法想象的，终生都无法想象的。"

为了这段旅程，作者花光了他所有的积蓄，最后，收获的，是一段独一无二的记忆，和一本美丽的书。他的语气是如此不自禁的骄傲，骄傲得令人羡慕。

这样的小书，适合在灯下静静地捧读这本小书。然后，合上书本，独自一人，悠然神往。

心中每天开出一朵花

几米的书，看得多了，感觉整个人都变得温暖和柔软起来。

他的书名，都有着一种天真而略带倔强的孩子气。《森林里的秘密》《微笑的鱼》《向左走，向右走》《听几米唱歌》《月亮忘记了》《森林唱游》《黑白异境》《我的心中每天开出一朵花》以及到最新的《世界别为我担心》。那是一种纯真的梦幻，仿佛童年才有的记忆鲜明地浮现于眼前，一切都那么真实，触手可及。

翻开书的每一页，画笔秀润稚拙，如同婴儿的笑容。心中便似有新荷绽开，芬芳满溢。

那些天真而略带忧伤的话语，都让轻柔如羽毛般的情愫悄然拂过心底。并非平淡，也并非喧嚣，只是静静地，静静地温暖。恍若初恋的时候，每一天都如同苹果酒般浅淡芬芳，醺然若醉。

几米的画笔，所触碰到的，是心底最柔软的那根弦。近年来流行一个词语"小确幸"，意思便是微小而确定的幸福。在几米的绘本中，这样的小确幸也俯拾皆是，童话的色彩，温暖的句子："星期三的下午，风在吹，我睡着了。白色的窗帘，轻轻地飘起来。毛毛兔来了，在窗外吹着口哨呼唤我。推开门，森林好安静，阳光好温柔。好久好久没有在森林里游荡了。"褪去世俗的烦恼纷扰，只有自在呼吸，温柔阳光，清风拂面，只有大自然的草木清香。如此简单，可是如此地感觉到单纯美好小幸福。

几米是一位用画笔描绘梦想的绘本作家，同时却也是一个腼腆善良的中年男子，"偏好简单的居家生活，低调而淡泊"。他个性腼腆内向，并不善于用言语沟通，他把只是他心中所憧憬的那些情感和思绪全都倾注在他的笔下，通过绘画表达出来，那个美与善的世界，灵与真的世界。

每个人都希望书里有温暖的力量，能慰藉自己孤单的灵魂以及寂寞的心。在俗世的生活中，梦想往往遥不可及，而幸福却总是姗姗来迟，一路成长一路丢失。而几米的书，就像一个天使般的小孩，静静地把往昔的情怀还有岁月，轻轻地拾起来，唱给你听。

快节奏的生活，巨大的竞争压力，这一切都逼着成人和孩子都如同陀螺般高速运转。可当在夏日的午后，翻开一本几米的书，那些单纯的小幸福忽然水一般漫过我们的心，抱着书，抬起头，闭上眼睛，让风一阵一阵地掠过发梢，心中忽然宁静美好，一切仿佛又回到从前。你的心里，便忽然开出一朵花。

感谢几米，将清新与温暖封存于那一本本水晶球般的书中，婉转芳华，星辉满地。

高贵的灵魂

一片寂静之中，忽然响起了铿锵之声！随即，激昂的旋律犹如大河的奔腾之声，让人的心忍不住为之沸腾。而后是婉转清丽的乐曲，犹如小溪潺潺流动，沿岸芳草青青，仿佛在乐曲中投洒进了一缕宁静的月光。而后乐曲又转激昂，催人奋进……

的确，跌宕起伏，犹如人的命运一般不可捉摸，但是可以折射人奋斗的理想与光辉。这就是《命运进行曲》，贝多芬的名曲。

曾经看过罗曼·罗兰的《贝多芬传》，不由得对这位一生命运坎坷却又坚强奋进的伟大音乐家，心生敬意。

他是一个天才的音乐家。他创造了交响曲《英雄》《命运》；序曲《哀格蒙特》；钢琴奏鸣曲《悲怆》《月光曲》《暴风雨》《热情》等。他从4岁起就整天没完没了地练习羽管键琴和小提琴，7岁时首次登台，获得巨大的成功。此后拜师于风琴师尼福，开始学习作曲。11岁发表第一首作品《钢琴变奏曲》。13岁便参加了宫廷乐队，任风琴师和古钢琴师。这里面固然有他的天才，更重要的是他的汗水。

他有着高贵的灵魂。由于出生于清贫的平民家庭，成长在鲜花满枝，绿树成荫的莱茵河畔，贝多芬从小热爱大自然，热爱人民，追求自由、平等、博爱的境界。他竭力为善，爱自由甚于一切，从不追名求利，他说："我的艺术应当使可怜的人们得益！"他的作品使音乐平民化了，由此将音乐从贵族中带入全民化。他的音乐，具有燃烧般的热情，这也是他和莫扎特的最大不同。莫扎特的音乐，清新婉丽，回风流雪，犹如从刚刚生出来的嫩草上坠落的露珠那么清澈而晶莹。而他的音乐，则是壮丽雄浑，能给人们带来巨大的鼓舞与力量。

有这样一个故事，利希诺夫斯基公爵曾邀请贝多芬为住在他的官邸的法国军官们演奏，但贝多芬没有答应。公爵终于板起面孔，变"邀请"为"命令"。

但贝多芬不仅毫不畏惧地坚持回绝，然后，他给这位公爵写了一封信，信中有这样的话："公爵，您所以成为一个公爵，不过是由于偶然的出身罢了；而我所以成为贝多芬，则完全靠我自己。你这样的公爵现在有的是，将来也有的是，而我贝多芬却永远只有一个！"这样铿锵有力，毫无畏惧的话语，掷地有声。

是的，只有这样的人，才能写出那样雄壮的乐曲。

但是，他也有着温柔细致的情感。据说，1801年，贝多芬爱上了朱列塔·圭恰迪尔，他写下了把《月光奏鸣曲》献给她。但是那位自私势力的姑娘太不理解他崇高的灵魂，1803年与伽仑堡伯爵结婚，这对贝多芬是一个沉重打击，他曾写下遗书。足可见，他当时，对那位姑娘爱情的深沉与真挚。

但是也有传说说《月光奏鸣曲》是贝多芬为一位素不相识的盲姑娘写下的，并曾亲手为她演奏过。目的是为了让她用听觉感受到月光的皎洁与温柔，月光给予人们的美好。后一种传说是虚构的，但是从这个传说中可以看到人们对贝多芬的感情。贝多芬有着一颗充满热情的善良之心。可叹的是，他没有找到他可以相伴一生的灵魂伴侣，终身未婚。

他却有着不幸的命运。自二十六岁以后，他渐渐失去了听力，直至完全听不见，这对一个音乐家来说，是毁灭性的灾难。可是，他却克服常人难以想象的困难，继续创作出了一部又一部震撼人心的音乐作品。此间，他说出了他最著名的一句话："我要扼住命运的喉咙！"

　　1827 年，这位伟大的音乐家终于走完了他一生的历程，安静地逝去了。1880 年，崇拜贝多芬的人们为他建造了一座纪念碑，并把建造纪念碑的地方更名为贝多芬广场。贝多芬塑像的周围围绕着九个小天使，象征着音乐大师不朽的九部交响曲。

　　他是个充满热情的音乐家，他一生没有婚嫁，没有子女。他的灵魂，行走在流传百世的伟大乐曲里。

一身诗意的林徽因

林徽因是中国著名的建筑学家和作家，她被胡适誉为中国一代才女。她是福建人，1904 年出生于浙江杭州。1920 年 4 月，随父亲林长民游历欧洲时，在伦敦受到一位女建筑师影响，立下了攻读建筑学的志向。后来，她真的成为了中国第一位女性建筑学家。

有那时林徽因的照片流传于世。十六岁的女孩子，笼着淡淡的笑，眉眼间清纯得有如春天里一片寂静的风景，却有一种穿越时空的大气与美丽，瞬间便将人的心完全占据。

那份美丽，因着时间的久远而沉淀得愈发深厚，愈发纯澈。她本来出自书香门第，而古老学府的智慧之泉也浸润得她充满灵气的双目愈发冰清雪净。

而那时她已经开始文学创作，诗文很受赞颂。

我说你是人间的四月天 / 笑响点亮了四面风；轻灵 / 在春的光艳中交舞着变 / 你是四月早天里的云烟 / 黄昏吹着风的软，星子在 / 无意中闪，细雨点洒在花前。

读林徽因的诗文，总不自觉和她的人联系起来，当真是文如其人。她的诗文最著名的莫过于这首《你是人间的四月天》了。

她的诗鲜妍婉转，分外清丽。她的诗风与冰心、徐志摩有些相像。然而相比之下，冰心端凝而徽因灵动，志摩浓酽而徽因清纯。有人称赞，林徽因善于在人与自然的交流中挖掘诗性，以寄托情怀，立意便是高格，而意象运用之娴熟，意境创造之幽美，令人倾倒不已。新月派诗人中，她也是极为难得的一个。

她的散文风格与诗相近，灵动而清新。她的小说存世不多，艺术价值却很高，最为著名的是《九十九度中》。

1924 年林徽因留学美国，入宾夕法尼亚大学美术学院，选修建筑系课程，1928 年 3 月与梁思成在加拿大渥太华结婚，婚后去欧洲考察建筑，同年 8 月回国。30 年代林徽因的照片则不同于少女时代的清新可爱，还是柔静的面庞，目光却折射出坚强得有如严峻男子般的光芒。徽因是个不停地走着的女子。她风餐露宿，徒步穿越了许多荒芜之地，为的是记录下那些沉甸甸的建筑图样。

有诗歌传世："大地之上／心此刻和沙漠一样平／思想像孤独的一个阿拉伯人／白袍，腰刀，长长的头巾／浪似的云天，沙漠上风！"不畏艰险而充满豪气。

从 1930 年到 1945 年，梁思成林徽因夫妇二人共同走了中国的 15 个省，200 多个县，考察测绘了 2000 多处古建筑物，很多古建筑就是通过他们的考察得到了世界、全国的认识，从此加以保护。他们的实地考察工作为中国古代建筑研究奠定了坚实的科学基础。在此期间，林徽因还写下有关建筑方面的论文、序跋等二十几篇，另有部分篇章为其与梁思成等合著的建筑论文。

在林徽因的著作中，既有建筑学家的科学精神，又有作家的文学气质，二者浑然一体。"她的学术论文和调查报告，不仅有严谨的科学内容，而且用诗一般的语言描绘和赞美祖国古建筑在技术和艺术方面的精湛成就，使文章充满诗情画意。而在她的文学作品中也常用古建筑的形象作比喻。"

此外，1949 年以后，林徽因在美术方面还曾做过三件大事：第一是参与国徽设计。第二是改造传统景泰蓝。第三是参加天安门人民英雄纪念碑设计。

　　林徽因的一生，也是一个绝无仅有的传奇故事。除了诗人徐志摩曾经深爱过她外，还有著名的哲学家金岳霖先生。林徽因死后多年，一天金岳霖郑重其事地邀请一些至交好友到北京饭店赴宴，众人大惑不解。开席前他宣布说："今天是林徽因的生日！"顿使举座感叹唏嘘。

　　这样一个女子，美丽、坚韧、优雅而从容。她获得那么多人的爱，不是偶然。她的诗文之中，浸透了她的气质和风骨，几十年光阴倏忽而过，仍清新如旧，鲜妍动人。

浪迹天涯的奇女子

　　三毛应该是所有刚刚进入青春期的女孩子的偶像吧，不知道男孩子对三毛的感觉是什么样的，反正很多女孩子真的真的非常爱她，喜欢她所流浪过的世界。

　　中学时候好像写了挺多有关三毛的文章。那个时候，爱三毛爱得发疯，三毛的真诚，三毛的坚强，都是没有人可以学得来的。浪迹天涯、披着长发的东方女子，抚着柔软的驼峰，以驼足为画笔，以大漠为图纸，漫漫黄沙中，走过爱的撒哈拉。那是三毛，只能是三毛。

　　曾经是受过许多伤害的小女孩，有一颗敏感至极的心灵。那个因为三毛数学考得差而狞笑着在三毛脸上涂上大黑圈的数学老师，同时也把一辈子难以摆脱的阴影笼在了三毛头上。每每看到三毛书中关于这一段的描写我的眼中都充满了眼泪。

　　成年后，独自一人，长发披肩，背着行囊，身着牛仔，飞出台湾，飞出中国，飞向梦中的撒哈拉。

　　撒哈拉之前，三毛曾有过一段西欧的求学之旅。在描写她这段生活的文字中，我最喜欢的便是《倾城》。

　　在里面，三毛描写她自己："那时的我，是一个美丽的女人，我知道，我笑，便如春花，必能感动人的——任他是谁。"这是一段令人动容的文字。

三毛青春时的影子，让人不禁心旌摇荡。

到了撒哈拉，那真的是"在那物质上吃苦，精神上亦极苦"的日子。但在这样的生活中，三毛和她的爱人荷西，俨然生活得有如一个贵族。

在这期间，三毛出版了《撒哈拉的故事》《雨季不再来》《哭泣的骆驼》等，都是我爱的书，特别是《哭泣的骆驼》。

在书中，三毛描写着沙漠风情："如梦如幻又如鬼魅似的海市蜃楼，连绵平滑温柔得如同女人胴体的沙丘，迎面如雨似的狂风沙，焦烈的大地，向天空伸长着手臂呼唤嘶叫的仙人掌，千万年前枯干了的河床，黑色的山峦，深蓝到冻住了的长空，满布乱石的荒野……"

但不久三毛搁笔了，为了她的爱人荷西。她怕写作打扰到荷西的睡眠，满心心疼他，于是便不再晚上写作了。

有时候我真的很不能懂三毛最终嫁与了荷西。三毛邂逅过许多疼爱她的人，在心碎与心痛中错过。最后是荷西，这个英俊的小她三岁的西班牙男孩子。

我几乎有些诧异了。我想三毛自己还是个任性的孩子，需要的是一个宽厚的肩膀与海般深沉的胸怀，但荷西，是个比她还小的孩子，也不懂心疼别人，特别是他爱的三毛。

在《大胡子与我》中，三毛写道："大胡子，婚前交女友没有什么负担；婚后一样自由自在，吹吹口哨，吃吃饭，两肩不驼，双眼闪亮。"荷西是个不大懂心疼人的丈夫，上街的时候可以把提着大包的三毛丢在身后，也不知道停下来伸手接过妻子的负担。尽管三毛马上又说："夫妇之间的事情，酸甜苦辣，混淆不清，也正是如人饮水，冷暖自知。这小小的天地里，也是一个满满的人生，我不会告诉你，在这片深不可测的湖水里，是不是如你表面所见的那么简单。"但我还是隐隐读到了一丝淡淡的无奈，一缕压抑的委屈。我想三毛其实是个最需要人心疼，最需要人爱护的女子，她内心深处应该是渴望被理解的。可是荷西并不能完全理解。父母也不能。"但他们包容，"三毛在《石头记》中写道，"只要他们包容，我就心安。"

后来，三毛离开了大漠，她伤感地写道："大漠里的日子，回想起来是那么遥远又辽阔，好似那些赶羊女子嘹亮的呼叫声还在耳边，怎么十多年就这么过去了。"

天南地北地走，"只看得见牛仔裤上的风尘"的三毛，不停地流浪。多年以后，她持笔写下了《橄榄树》的歌词："不要问我从哪里来，我的故乡在远方。为什么流浪，流浪远方，流浪……为什么流浪，为了我梦中的橄榄树。"

这样的歌曲，这样的词作，落到心里，便流出泪来。

走啊走啊，三毛终于丢失了荷西，这是她一生中的最痛。

含泪，《背影》出版。《梦里花落知多少》里唱着一首无忧的歌谣："记得当时年纪小，你爱谈天我爱笑。有一回并肩坐在桃树下，风在林梢鸟儿在叫。我们不知怎样睡着了，梦里花落知多少。"

三毛没有倒下，她"淡棕色的美丽的脸"并没有因此而失掉光华。《我的宝贝》出版，再次轰动。

我非常喜欢这本富有人情味儿的小书，一件一件的宝贝物件，读着那些朴素而摇曳生姿的文字，知道当中藏着泪，藏着梦想，藏着大半生的漫漫风尘，藏着一个一个的故事。

三毛称它们为"睡前故事"，我喜欢她这么称呼那些平实却无比生动的故事。

三毛在其中一篇中满怀柔情地写道："当三个盘子一同挂着的时候，我幻想：我们的家一年一个盘，到了墙上挂满了四五十个的时候，荷西和我当然已经老了，那时候，还是牵着手去散步，只不过走得缓慢些罢了。"可是"我的盘子没能等到第四个，就没有再继续下去，成了一个半残的故事。"

读到这里，很心疼很心疼。

后来三毛便忽然地死去了，死于自杀。

原来三毛始终还是那个敏感孤僻的孩子，她善意的伪装骗过了人们，却最终没能骗过自己。

　　她永远睡去的时候，头脑里最后的一个影像会是谁呢，是不是荷西？

　　在荷西永远地离开后，敏感而多情的三毛仍在一字一泪地用文字描写着她想象中的爱，描写她心中的爱情，这样的三毛，更是坚强，却更令人痛惜。

　　永远的三毛，永恒的风景。

恋恋笔记本

年轻的时候喜欢上一个人，那种感觉真的是很奇妙，如苹果酒，浅淡芬芳，却醺然若醉。

这种感觉，大多是十六七岁的时候才有。心思宁静单纯，少年白衣，深巷雨伞，明净眼神，便缱绻成为了一段青春中的淡淡故事。

西方的电影里，有一部特别打动我——《恋恋笔记本》，垂垂老矣的他坐在白发苍苍的她身边，慢慢地读着一个有关于爱情的故事。这个故事很美丽，很曲折，她听得很专心。

她不知道这是自己的爱情故事，也不知道他这样静静地读给她听，读了多少遍。

他们是初恋，他爱着她，一生未变。

回忆里一个个的故事，他遇见她时，她才十七岁。她那么爱笑，阳光灿烂。他爬到摩天轮上想要她答应和他的约会。他们躺在公路上看着路灯闪烁。他们在乡下度过无忧无虑的夏季时光。她喜欢画画。他许诺建一个大房子给她。她的父母强烈反对他们在一起。她去找他，而他错过。他给她写了365封信，都被她妈妈扣下来。他没有忘记承诺，盖着房子，让她可以在窗台画画的房子。七年后，在她快要结婚的时候，她在报纸上见到他，晕了过去。马上去找他。他的房子里，有她十七岁时曾经梦想的一切。

湖上泛舟，那样美的景色，林木和鸭子。倾盆大雨中，他们终于消除了误会。他爱她，她也爱他，从没有那样的笃实过。

他们经历了很多，终于走在一起。有了儿女，还有了孙子。他们终于都老了。

而得了老年痴呆症的她不再记得他。在生命的最后时光里，他仍然来到医院里，守着她，期待着奇迹的诞生。

在弥留之际，她终于清晰地记起了他，记起了他们所有之前发生的故事。他们牵着手在床上微笑着闭上眼。清晨的阳光，照在他们安详的脸上。爱把他们一起带走了。

西方人的人性温暖情怀，在此表露无遗。

电影所记录的，那些纯净轻盈的初恋情怀，神秘空灵得如同夏日玫瑰、冬季微雪，值得永远珍藏。

"这个世界上总有那么一个人，是你的念想，是你的温暖。就算她不远不近，只要想到她，就永远会觉得安定，觉得踏实，觉得心里有底。甚至连周围的空气，都变得笃定。世界只是一些影影绰绰的温柔。河还是原来的河，人还是原来的人。我仍然为你守候，那些小幸福，我认真，你随意。"

我爱这段话。写尽了爱恋的欢喜。那是一种为美好事物而停留的心情。就像看一朵花，不为摘取，只为欣赏。

人心深处最柔软的地方，永远只为晶莹而留。

永恒的自由

　　《海上钢琴师》，意大利导演的三部曲之一。舒缓而充满张力，一如由始至终贯穿于电影中优美的钢琴旋律。

　　1900 是个孤儿，由于 1900 年的第一个月被船工丹尼发现并抚养而得名。他自出生便在船上，从来没有离开过大海，他没有出生证明，没有护照，没有国籍。丹尼在 1900 七岁时意外死去，葬礼后的一个晚上，全船的人被动听得无法形容的钢琴声吸引到三等舱，看到一个小小的男孩，正在专注地弹琴，他的手指仿佛有魔力一般。没有人知道究竟发生了什么事情，也没有人知道小男孩是如何突然学会了一手神妙莫测的钢琴绝艺。

　　他拥有无比诗意的生活。他将他心中所感知的这一切，都化作他手指下流珠串玉的旋律。

　　1900 的钢琴感动了每一个人。他是大海的儿子，从不畏惧海上的任何颠簸风浪，船身再大的晃动他也如履平地。暴风雨之夜，他带着晕船的小号手康自如地弹着动听的音乐，钢琴在船上各个房间里滑行着，他从容微笑，挥洒自如，对他来说，这恰是一场美妙的旅行。

　　有来自陆地的高手前来挑战，1900 轻而易举击败了他，并镇住了在场的每一个人。在他结束并举起被高速振动并发热的琴弦点燃的香烟时，那一瞬间，现场鸦雀无声。

　　高手是技艺超群，而 1900 是天才，他的音乐完全发自于心，是超出了语言所能形容的美妙。

　　1900 的声名达到巅峰，有唱片公司找上门来，希望他灌录一张唱片。他正在弹奏之时，钢琴声忽然无比温柔起来。

　　原来，他看见了窗外，一个美丽少女的倩影。

　　只是一瞥之下，1900 坠入爱河，27 岁，他终于开始了他的初恋。

　　这是有史以来 1900 所演奏的最棒的音乐，唱片商还沉浸在发财的喜悦中，说要给唱片取名"微风中摇曳"，而 1900 不管不顾地取下那张足可以使他扬名天下、获得数不清的财富与荣誉的唱片拿了过来，珍重地收好，希望像送一个小小的果子一般，送到那个少女的手里。

　　几次邂逅，他始终没有勇气跟那少女说话。夜里，他走进三等舱的集体睡房，一张张床位地寻找着，终于找到了她。他长久凝视着她的美丽睡颜，轻轻低下头来，在她唇上，极其轻柔地一吻。

　　直到船靠岸了，少女要下船了，他才鼓起所有的勇气，追上她并和她说话。也只是寥寥几句不着边际的话，眼神流转间，少女仿佛明白了这个羞涩的钢琴天才全部温柔的心思。她走了几步，又忽然回过头来，在他颊上轻轻一吻。

　　那一吻，已胜过千言万语。

　　最后他们被人群冲散，1900 手中的唱片，始终没有送出去。最后，他亲手销毁了那张唱片。也许，在他心中，世上唯一值得拥有这张唱片的，只有她。

　　从此，他们再也没见过面。

　　始终觉得，1900 和那少女的邂逅，是整部电影中最美的一幕，温情而又忧伤。原来再高傲，再优秀的人，在遇到爱情时，都会成为平凡温暖的普通人，那样忐忑，羞涩，怔忡不安，手足无措。

　　此后，1900 还是一如既往地弹琴，没有人知道他内心的思念与煎熬。在 1900 三十二岁的那一年，他决定下船去找那少女。全船人都来送行。然而，在他走了一半之时，他忽然停住了。凝望陆地一段时间后，他忽然取下帽子丢进大海中，尔后毅然转身回到船上。

海上的生活是他生命的全部意义所在。离开了海，他将不再是他。他固然爱她胜过生命，但没有生命意义存在，没有自我价值存在，这爱，也就失去了意义。他最终放弃了爱情，选择了大海。

最后，大船要炸毁。他唯一的好友康千辛万苦地找他，终于用修复的那张唱片引了他出来。他们都已经不再年轻了，但 1900 仍然不肯离开大海。他选择和船一起灰飞烟灭，成为大海永远的儿子。这次他放弃的是生命。

有人说，情节，意境，再加上哲理与思索，方是一部好电影。《海上钢琴师》完全做到了这点。

辑五

小园香径独徘徊

采菊东篱下

　　很喜欢陶渊明的《五柳先生传》，"好读书，不求甚解，每有会意，便欣然忘食。"一直觉得他是真正领会读书之趣的人。

　　梁朝的昭明太子萧统亲自为陶渊明编集，作序，作传，为《陶渊明集》，并在序中称赞"其文章不群，辞采精拔，跌宕昭彰，独超众类，抑扬爽朗，莫如之京"。

　　他是隐逸诗人之宗，也是田园诗的鼻祖。他出身世家，是晋大司马陶侃的曾孙。他的祖父陶茂、父亲陶逸，都做过太守。外祖父孟嘉，做过征西大将军。但他无心羁绊官场，不为五斗米折腰，回归田园，隐居南山。并在归途之中，他写下了著名的《归去来兮》："归去来兮！田园将芜，胡不归？云无心以出岫，鸟倦飞而知还。景翳翳以将入，抚孤松而盘桓。登东皋以舒啸，临清流而赋诗。聊乘化以归尽，乐夫天命复奚疑？"尔后，他就按着自己的心愿过着"登东皋以舒啸，临清流而赋诗"的田园牧歌式生活。

　　读陶渊明的诗，总能想起"淡极始知花更艳""素极而绚"之类的句子，宗白华先生认为，中国的艺术至境是"从错彩镂空走向芙蓉出水"，即绚烂后归于平淡的清新淡雅的美。陶渊明显然已臻化境。

　　他的诗篇中最为著名的当属《归园田居》五首。

其一

少无适俗韵，性本爱丘山。误落尘网中，一去十三年。

羁鸟恋旧林，池鱼思故渊。开荒南野际，抱拙归园田。

方宅十余亩，草屋八九间。榆柳荫后檐，桃李罗堂前。

暧暧远人村，依依墟里烟。狗吠深巷中，鸡鸣桑树颠。

户庭无尘杂，虚室有余闲。久在樊笼里，复得返自然。

"方宅十余亩，草屋八九间。榆柳荫后檐，桃李罗堂前。"非常恬静的田园画卷，这么淡淡叙来，无限亲切。"暧暧远人村，依依墟里烟。狗吠深巷中，鸡鸣桑树颠。"炊烟细细，人间烟火的温暖，鸡犬相闻，农家生活的踏实。"久在樊笼里，复得返自然。"喜悦和宁静，柔和如春风，习习地扑面而来。

终于回归宁静，回归自然，回归自己想要的生活。

因此，会感到一种真实的，可以轻易握于掌心的幸福，一种平静安宁的喜悦。喧嚣人世，很多人迷失了自己。其实，找到自己的心，才最重要。

只有那时，才会感到真正的幸福。

陶渊明显然是深懂其中之趣的人。

其三

种豆南山下，草盛豆苗稀。晨兴理荒秽，带月荷锄归。

道狭草木长，夕露沾我衣。衣沾不足惜，但使愿无违。

好像日记一样随意。

很爱里面的两个句子"带月荷锄归""夕露沾我衣"。清晨的弯弯淡月照着荷锄而归的诗人，清凉的晨露从草木尖上悄悄坠落衣裳上。陶渊明写这首诗的时候，是劳累的，也是喜悦的。是那种来自心灵深处的充实的喜悦。

田园生活，自然好酒。那些农家自酿的小米酒，清醇而芬芳，无法不醉心。

他写有《饮酒》二十首：

其五

结庐在人境，而无车马喧。问君何能尔？心远地自偏。

采菊东篱下，悠然见南山。山气日夕佳，飞鸟相与还。

此中有真意，欲辨已忘言。

只觉神清气爽，百读不厌。"此中有真意，欲辨已忘言。"

苏轼在《与苏辙书》中说，"吾与诗人无所甚好，独好渊明之诗。渊明作诗不多，然其诗质而实绮，癯而实腴，自曹、刘、鲍、谢、李、杜诸人，皆莫过也"。

十七

幽兰生前庭，含薰待清风。清风脱然至，见别萧艾中。

行行失故路，任道或能通。觉悟当念迁，鸟尽废良弓。

"幽兰生前庭，含薰待清风。"幽幽兰花生长在屋前的庭院之中，内蕴馥郁清香，只等清风吹拂。这里幽兰隐喻着身怀高才而期盼伯乐的能人志士。而知音总是世所稀，李白在《孤兰》中也曾叹道："若无清风吹，香气为谁发。"

《荀子》中曾经有道："且夫芷兰生于深林，非以无人而不芳。"即使没有知音，也要芬芳下去。兰花之高洁，存乎于心。

十四

故人赏我趣，挈壶相与至。班荆坐松下，数斟已复醉。

父老杂乱言，觞酌失行次。不觉知有我，安知物为贵。

悠悠迷所留，酒中有深味。

有故人携酒而至，松下共饮，美酒美景，几杯就醉了。有如此知心的朋友共饮，陶渊明自然快乐忘忧，"悠悠迷所留，酒中有深味"。

有一次他与朋友共饮，喝得酣畅，醉眼蒙眬，便对朋友说："我醉了，有点想睡了，你就先走吧。"（"我醉欲眠，卿可去"）其率真如此。后来诗仙李白为这件事写了一首小诗："两人对酌山花开，一杯一杯复一杯。我醉欲眠卿且去，明日抱琴复还来。"两人对着山花喝酒，喝了一杯又一杯，

一杯又一杯，我醉了，要睡觉，你先回去吧，明天再抱琴过来。

田园生活的闲暇，陶渊明当然不失诗人本色，他遍览群书，尤喜《山海经》，并写下了读《山海经》十三首：

其一

孟夏草木长，绕屋树扶疏。众鸟欣有托，吾亦爱吾庐。

既耕亦已种，时还读我书。穷巷隔深辙，颇回故人车。

欢言酌春酒，摘我园中蔬。微雨从东来，好风与之俱。

泛览《周王传》，流观《山海图》。俯仰终宇宙，不乐复何如。

从首句到"微雨从东来，好风与之俱。"仍然是平静怡然的喜悦，草木扶疏，众鸟有托，微雨东来，好风同至，"泛览《周王传》，流观《山海图》"，一卷之内，想象驰骋，神游天地，不由得胸中大畅，"俯仰终宇宙，不乐复何如。"

读书之余还可以和朋友探讨探讨，交流心得，大概就是他那个携酒共饮的故人吧，他写道："奇文共欣赏，疑义相与析。"

他把全部精神都寄托在耕田、读书、饮酒以及山水之中，他的心超越了世俗，与大自然融为一体，在宇宙间自由驰骋。

朱光潜先生极为欣赏陶渊明，在他的《诗论》中，他专门有一章是写陶渊明，朱先生写道："儒家所谓'浩然之气'，佛家所谓'澄圆妙名清净心'，要义不过如此；儒佛两家费许多语言来阐明它，而渊明灵心迸发，一语道破，我们在这里所领悟的不是一种学说，而是一种情趣，一种胸襟，一种具体的人格。"

朱子语类说："陶渊明诗平淡出于自然，后学他平淡，便相去远矣。"旁人学他，却是学不来的，那种恬淡清新的气质，是发自于心的。

陶渊明最著名的作品《桃花源记》，勾勒了一个宁静优美的世外桃源，那是他心里的乌托邦，永远的憧憬与期待。我却极爱那里面美丽梦幻的句子，芳草鲜美，落英缤纷，宛若神话般的一个缥缈梦境。

沧海月明珠有泪

李商隐不到十岁时，父亲便去世了。他随母还乡，生活很是清贫，但李商隐从小就聪明好学，"五岁诵经书，七岁弄笔砚"，他跟从一位堂叔读经习文。十六岁便因擅长古文而得名。

李商隐一生都处于牛李党争的夹缝之中。早期，李商隐因文才而深得牛党要员令狐楚的赏识，后来李党的王茂元爱其才将女儿嫁给他，他因此而遭到牛党的排斥，始终在政治上郁郁不得志。大中十二年（公元 858 年），李商隐因病退职还乡。就是在这一年里，李商隐寂寞地在郑州逝世。

他是最著名的写爱情的诗人。甚至政论、叙事诗也多以爱情诗的方式表达。他的爱情诗多以无题为名，构思极为新巧，绮丽精致，委婉幽妙，其中所含的缠绵悱恻的情感令人荡气回肠。但他的诗过于隐晦迷离，清朝诗人叶燮在《原诗》中评李商隐的七绝"寄托深而措辞婉，实可空百代无其匹也"。

很多学者都试图对无题诗的真正含义做出阐述，但是没有一人得出令人完全信服的结论。

也许，这些无题诗本来就是谜。正如爱情，本身也是一个谜一样。

无题

昨夜星辰昨夜风，画楼西畔桂堂东。身无彩凤双飞翼，心有灵犀一点通。

隔座送钩春酒暖，分曹射覆蜡灯红。嗟余听鼓应官去，走马兰台类转蓬。

"昨夜星辰昨夜风，画楼西畔桂堂东。"昨夜星光灿烂，凉风徐来；在画楼西畔、桂堂之东设下酒筵。

"身无彩凤双飞翼，心有灵犀一点通。"虽不能比翼齐飞，但是心意相通，灵犀一点。这是这首诗里最美的一句。

"隔座送钩春酒暖，分曹射覆蜡灯红。"互相猜钩嬉戏，隔座对饮春酒暖心；分组来行酒令，决一胜负烛光泛红。

"嗟余听鼓应官去，走马兰台类转蓬。"忽然听到五更鼓响，是上朝点卯的时候了；于是策马赶到兰台，像随风飘转的蓬蒿。从刚才的热闹旖旎之景，忽然转到冷清落寞，所以，叹息和不舍吧。

飒飒东风细雨来，芙蓉塘外有轻雷。金蟾啮锁烧香入，玉虎牵丝汲井回。
贾氏窥帘韩掾少，宓妃留枕魏王才。春心莫共花争发，一寸相思一寸灰。

"贾氏窥帘韩掾少，宓妃留枕魏王才。"这里用到了两个典故。贾氏窥帘说的是晋朝韩寿英俊，他是侍中贾充的僚属，有一天贾充的女儿在帘后窥见韩寿，一见钟情。贾充得知后，便将女儿嫁给韩寿。宓妃留枕是说的曹植和甄氏的故事，曹植离京回封国途中，夜宿于洛水边，梦见甄氏来相会，醒后伤感，作下《感甄赋》，即满纸芬芳的《洛神赋》。

八岁偷照镜，长眉已能画。十岁去踏青，芙蓉作裙衩。
十二学弹筝，银甲不曾卸。十四藏六亲，悬知犹未嫁。
十五泣春风，背面秋千下。

一个美丽的贵族少女为了出嫁个好人家，琴棋书画无一不精，正是好年华，却没有找到内心想要的良人来托付，于是悄悄在秋千下"泣春风"但这首诗中所含的感情却并不简单，托寓的意味较为明显，李商隐是在感叹自己空有一身才华，却也找不到良主托付，内心的悲凉，却无法倾诉。

锦瑟

锦瑟无端五十弦，一弦一柱思华年。庄生晓梦迷蝴蝶，望帝春心托杜鹃。
沧海月明珠有泪，蓝田日暖玉生烟。此情可待成追忆，只是当时已惘然。

关于《锦瑟》这首诗，一直以来众说纷纭，有多种解法，诗中众多的意象让人迷醉也让人迷惘。

有人说，锦瑟其实就是李商隐所爱的女子，邂逅之后，那女子眼波流转，微笑蔓延，从此永远留在了他的记忆里。那是一个旖旎的初遇故事，但是一别之后，他们再也没有相见。

"曾经沧海难为水，除却巫山不是云。"李商隐一生都在怀念着初恋的那个女子的倩影。她成为他心里所有美好的，关于爱情的想象和寄托。

夜雨寄北

> 君问归期未有期，巴山夜雨涨秋池。
>
> 何当共剪西窗烛，却话巴山夜雨时。

大学的时候，写过一篇《古典爱情》，是我第一篇在杂志上发表了的文字。文章开篇写道：

> 青青子衿，悠悠我心。但为君故，沉吟至今。

《诗经》中飘忽瑰艳的诗句，汉乐府中哀婉凄绝的传说以及唐诗中共话巴山夜雨的温馨，宋词中人比黄花瘦的相思，这些一唱三叹的文字，这些荡气回肠的意境，总能使我们掬起一捧冰肌玉骨的情怀，总能把我们带回那个古老的时代。那个时代，古典爱情遗世而独立，一笑而倾城。

那个时候，人很年轻，却觉得，这些意境中，最让我心动的，还是那共话巴山夜雨的温馨。

"何当共剪西窗烛，却话巴山夜雨时。"温暖的烛光跳跃，低低细语，笑语安然，超越语言的温馨与默契。

霜月

> 初闻征雁已无蝉，百尺楼台水接天。
>
> 青女素娥俱耐冷，月中霜里斗婵娟。

李商隐常常有亮丽清婉的诗句"长河渐落晓星沈""碧海青天夜夜心"等等。但是更多的是萧瑟清冷，如"留得残荷听雨声"。

黛玉却喜欢那萧瑟清冷的意境。因为喜欢，便不许宝玉拔去湖中的残荷。

北青萝

残阳西入崦，茅屋访孤僧。落叶人何在，寒云路几层。

独敲初夜磬，闲倚一枝藤。世界微尘里，吾宁爱与憎。

这首诗是李商隐诗作中难得一见的禅意之作。

夕阳西下的时候，在山中的茅屋里拜访一位高僧。落叶瑟瑟满地，人不知何处，寒云掩映，山路逶迤。忽然听到晚磬悠悠不绝的声音，夜色已渐渐涌来。晚磬声过后，高僧终于出现，倚着一支藤杖，气定神闲。忽然间豁然开朗，整个世界也不过是一粒微尘而已，我又何必如此执着于人生爱憎！

《法华经》内有"大千世界，全在微尘"。其实禅宗在中国，也本土化了，和儒家的天人合一思想融合在一起，更加注重人与自然的和谐。所以，诗人们常常是在自然中悟到禅宗的真谛。

李商隐此时的感觉，可能跟英国诗人威廉·布莱克的这首诗有点类似：

一颗沙里看出一个世界

一朵野花里一座天堂

把无限放在你的手掌上

永恒在一刹那里收藏

古人读书之雅趣

刘慎虚曾有诗一首：

道由白云尽，春与青溪长。时有落花至，远闻流水香。

闲门向山路，深柳读书堂。幽映每白日，清辉照衣裳。

道路漫漫，似乎一直延伸到白云深处，正是春日，青青树叶映在溪水中，那溪水也是碧青，潺潺流动着。不时有落花悄然飘落在溪水之上，远远地就能闻到清香。

门开着，正向着山路，柳荫下笼着正好读书的小屋。每日白天在那里读书，清澈的光影映照在衣服上。

花香草芳，白云清溪，在这样脱俗的环境下读书，怕是心也醉了。

觉得古人读书真是极具雅趣的事情。司空图曾经著有《诗品二十四则》，内有《典雅》一文，就描写了这种读书之趣："玉壶买春，赏雨茅屋，坐中佳士，左右修竹。白云初晴，幽鸟相逐，眠琴绿荫，上有飞瀑。落花无言，人淡如菊，书之岁华，其曰可读。"

一壶美酒，茅屋下坐着悠然赏雨，身畔是知心好友，屋外有青青修竹。不久雨过天晴，蓝天白云，鸟啼清脆，弹琴累了就睡在绿荫下，瀑布在旁。花瓣悄坠，轻软无声，人淡泊宁远，也正如那清芬的菊花。让岁月蕴满芳华的书，就是可以反复多读的好书。

"落花无言，人淡如菊"是一颗淡远宁静的心，一种清雅脱俗的气质，由内而外散发出来的芬芳。

古代书香世家读书尤为讲究。所谓腹有诗书气自华，古人相信，那一种清华温润的气质，都是书香熏出来的。

明代吴从先所撰清言集《小窗自纪》中曾说："万事皆易满足，惟读书终身无尽。人何不以不知足一念加之书？"读书讲究氛围和意韵，读书，其实读的是一种物我两忘的高雅境界。

吴从先说："斋欲深，槛欲曲，树欲疏，萝薜欲垂青。几席、栏杆、窗窦欲净澈如秋水。榻上欲有烟云气。墨池、笔床欲时泛花香。读书得此护持，万卷尽生欢喜。琅女仙洞，不足羡矣！"

"读史宜映雪，以莹玄鉴；读子宜伴月，以寄远神；读佛书宜对美人，以挽坠空；读《山海经》《水经》、丛书、小史宜倚疏花瘦竹、冷石寒苔，以收无垠之游，而约缥缈之论；读忠烈传，宜吹笙鼓瑟以扬芳；读奸佞论，宜击剑捉酒以消愤；读骚宜空山悲号，可以壑读赋宜纵水狂呼，可以旋风；读诗词宜歌童按拍；读鬼神杂录烧烛破幽。他则遇境既殊，标韵不一。"

叶采也有一首写读书的诗：

暮春即事

双双瓦雀行书案，点点杨花入砚池。

闲坐小窗读《周易》，不知春去几多时

在幽静之处读书，不是今夕何年，是最纯粹最惬意的读书时光吧。

这样临风捧卷，对月吟诗，肝胆皆冰雪，完全沉浸于书中的时光，对于大多数人来说是少年时才有的，只有少部分人，在长大以后，还能保持内心一处月明风清的沉静之地。

清新宛然竹枝词

竹枝词,仅这一个词,就觉清新宛然,仿佛漫步在山野之间,浓荫匝地,听得见竹叶在风中轻轻摇曳的簌簌之声,心中宁静清凉。

《竹枝词》是唐教坊曲名,是由古代巴蜀间的民歌演变过来的。古代巴蜀,竹子极多,因此民歌名为竹枝。

唐代刘禹锡任夔州刺史时,曾在建平(今重庆巫山县)见到联歌"竹枝",吹短笛击鼓,边唱边舞,"含思婉转,有淇澳之艳音",于是,灵感顿发,又想起昔日屈原在湖南,听闻楚人迎神之歌,而作《九歌》,于是效仿屈原作《九歌》为其谱写竹枝九篇。他的词既吸取了民歌中的清新野性的特质,又带有浓郁的生活气息,因而传诵一时。

竹枝词

杨柳青青江水平,闻郎江上踏歌声。

东边日出西边雨,道是无晴却有晴。

这首词浅白生动,纯用民间口语,没有用典,读起来朗朗上口。清代王世祯《师友诗传录》中有一段话:"竹枝稍以文语缘诸俚俗,若太加文藻,则非本色矣。"

这是古今传唱的一首刘禹锡的《竹枝词》,用晴的谐音暗喻"情"。大概这也是一首最早的谐音竹枝词。宋代黄庭坚称赞刘禹锡的《竹枝词》说:

"刘梦得竹枝歌九章，词意高妙，元和间诚可以独步，道风俗而不俚，追古昔而不愧。"

竹枝词

临湖门外是侬家，郎若闲时来吃茶。

黄土筑墙茅盖屋，门前一树紫荆花。

这首词仿佛一幅淡色素描，简单却生动。一位江南水乡少女与自己意中人邂逅，少女以热情爽利的口吻，详尽地告诉了自己住家的标记，那是以黄土为墙，以茅为屋盖的农家小屋，门前还有一树灿然开放的紫荆花。弥漫浓郁的生活气息，从中映现出少女满怀的期待。诗写得明白如话，好像读者也听到了少女怦然心动的声音。

竹枝词

题诗秋叶手新栽，好似阿侬红颊腮。

寄与钱塘江上水，早潮回去晚潮来。

少女在秋叶上题诗，那秋霜染得叶子如同少女绯红的脸颊。将红叶轻轻抛入钱塘江水中，希望心上人能看到，随着晚潮归来。只觉清新动人。

后来传诵一时的顾况的题叶诗，以及那段因流水红叶造就的姻缘，当是从这里脱胎而来吧。

当时的白居易、李涉以及其后的皇甫松、孙光宪等都写过竹枝词。宋代不少文人写竹枝词，苏轼、黄庭坚苏辙、杨万里、范成大、汪元量等，都有成名之作。元明以还，许多文人学士写有《竹枝词》作品。比较有影响的元代如虞集（伯生）、倪瓒、马祖常等。倪瓒是著名画家。明代有刘基、宋濂、李东阳、杨升庵、徐渭、袁宏道等。

清初诗人王世祯对竹枝词情有独钟。他每到一地都要写几首竹枝词，如《都下竹枝词》《汉嘉竹枝词》《江阳竹枝词》《西陵竹枝词》《广州竹枝词》《邓尉竹枝词》等。

弦上黄莺语

韦庄四十五岁，才在长安应举，却又正碰上黄巢军攻入长安，遂陷于战乱，于是只得离开长安前往洛阳。到了洛阳的第二年，四十八岁作长诗《秦妇吟》，负有盛名，后人将《孔雀东南飞》《木兰诗》与韦庄的《秦妇吟》并称为"乐府三绝"。他从此被称为秦妇吟秀才。

不久韦庄避战乱去到江南，五十八岁才回到长安，五十九岁时终于登进士第，授校书郎。后来，朱温篡唐，唐亡后，王建称帝，即为前蜀的皇帝，并任命他为宰相。七十五岁卒于成都花林坊。

王国维《人间词话》认为韦词高于温词，指出"端己词情深语秀"，"要在飞卿之上"；"温飞卿之词，句秀也。韦端己之词，骨秀也"。

他所作之词清丽可爱，如"小舟如叶傍斜晖"。

菩萨蛮

红楼别夜堪惆怅，香灯半卷流苏帐。残月出门时，美人和泪辞。

琵琶金翠羽，弦上黄莺语。劝我早归家，绿窗人似花。

王国维认为"弦上黄莺语"即为韦庄的风格。

韦庄流传极广的词还有这首《菩萨蛮》：

人人尽说江南好，游人只合江南老。春水碧于天，画船听雨眠。

垆边人似月，皓腕凝霜雪。未老莫还乡，还乡须断肠。

这首词的名句历来为人们所传诵，如"春水碧于天，画船听雨眠。""垆边人似月，皓腕凝霜雪。"江南是那么景色如画的地方，如天空一般清澈碧蓝的江水，斜风细雨中，可以在精美的画船听着雨声安然入睡。垆边卖酒的女子，是这江南最美的风景了吧？她们身上聚集了江南所有的灵气，双目晶莹，肌肤胜雪，如同月亮一样耀眼。

最初并读不懂"未老莫还乡，还乡须断肠"这句，后来慢慢才懂得。韦庄是从战乱的中原来到江南的。江南这么好，还是等老了再回去吧，如果此时再回到战火纷飞的故乡，看到那里的物是人非，怕是要忧伤断肠的。

当时和他齐名的词人皇甫松也有名句"夜船吹笛雨潇潇，人语驿边桥"，但是阴冷萧瑟。韦庄的惆怅忧伤也是明亮清新的。

浣溪沙

惆怅梦余山月斜，孤灯照壁背窗纱，小楼高阁谢娘家。

暗想玉容何所似，一枝春雪冻梅花，满身香雾簇朝霞。

一梦醒来惆怅难言，青山旁一轮明月斜斜照着。一盏孤灯把墙壁照亮了，反而显得窗纱更加暗淡了。忍不住满怀思念，思念那个住在小楼高阁里的心上人。她现在会是什么容颜呢？还是那样吧，如同冰雪中的梅花一样高贵清华，冷艳冰洁，满身仿佛笼罩着朦胧的香雾，被灿烂华美的朝霞所照耀。

上阕孤灯冷月，凄清不已。而下阕想象中的意中人却是恍若神仙妃子。"一枝春雪冻梅花，满身香雾簇朝霞。"美极清极。

女冠子

昨夜夜半，枕上分明梦见，语多时。依旧桃花面，频低柳叶眉。

半羞还半喜，欲去又依依。觉来知是梦，不胜悲。

昨天半夜，分明梦见了她，说了很久的话，她还是记忆中的那样，面若桃花，柳眉频低。那神情娇羞无限，却又含着惊喜。想要离去的时候，却又那样依依不舍，难舍难分。一觉醒来才知道是梦，不胜悲哀。

"觉来知是梦，不胜悲。"只觉悲凉无限。见不到她的浅靥轻笑，只好在梦中追寻。即使是在梦中，只觉心满意足，多见一会儿也是好的，舍不得醒来。正如唐诗之中"打起黄莺儿"。

然而醒来之后，回想梦中两情欢悦的旖旎之景，却只剩下了几点温馨的影子，虚无缥缈无法抓住，对比现在冷雨敲窗被未温的现状，越发悲哀。

昨夜小寐，忽疑君至，却是琉璃火，未央天。

浣溪沙

夜夜相思更漏残，伤心明月凭栏干，想君思我锦衾寒。

咫尺画堂深似海，忆来惟把旧书看，几时携手入长安。

仍是说相思。"忆来惟把旧书看"，想起她的时候，只好把以前的书信拿出来看了一遍又一遍，平常而又生动的举止，却是深情无限。"几时携手入长安"，什么时候才能一起携手来到长安？却悄然蕴含低回的思念与朦胧的希望。

思帝乡

春日游，杏花吹满头。陌上谁家年少，足风流。

妾拟将身嫁与，一生休。纵被无情弃，不能羞。

这首词写得十分可爱。一个活泼大胆的江南少女，在这明媚的春日里，满天飞舞的杏花之中，邂逅了一个英俊风流的少年。她的心怦然而动，眼波流转，微笑蔓延，生动无比。她要嫁给自己喜欢的那个英俊少年，不管结果如何，都不会后悔。

这首词带有野花一般芬芳清凉的气息。

温词中也有"手里金鸳鸯，胸前绣凤凰。偷眼暗形相，不如从嫁与，作鸳鸯"带有乐府之风的词句，只不过女子在心中含羞忖度，相比起来，仍然委婉得多，含蓄得多，没有韦庄词中那样大胆而率性。

秋千笑里轻轻语

李煜，南唐后主。

他是一名天才的词人，有一颗极其敏感灵隽的艺术之心。

可惜，他身为帝王。

无心国事，他把他艺术家的品位也自然也带入了生活。自从即位以后，从不关心国事，每日只是谱词度曲。春日，他把宫殿里的梁栋窗壁上都插满花枝，称之为"锦洞天"，并且命令宫里的嫔妃都绾着高髻，髻上插花，在锦洞天里饮酒作乐。李煜还发明了"北苑妆"，即淡妆素面，把花饼施于额上。小周后身穿青碧之服，化上"北苑妆"，衣袂飘飘，如同仙子一般。一时皇宫里众嫔妃竞相模仿。

还有，据说每年七夕，为了庆祝生日，李煜都拿出绫罗锦绣，把它们做成月宫天河的形状，再现牛郎织女相会的场面。

在位之时，他的词，不过是出色的花间词。他写着自己随心所欲的生活，风流旖旎：

玉楼春

晚妆初了明肌雪，春殿嫔娥鱼贯列。笙箫吹断水云闲，重按霓裳歌遍彻。

临风谁更飘香屑，醉拍阑干情味切。归时休放烛花红，待踏马蹄清夜月。

"晚妆初了明肌雪"，这句写得明媚动人，嫣然生姿。准备歌舞的宫娥们晚妆已毕，肤光胜雪，她们在殿堂中鱼贯而出，花团锦簇，让人眼花缭乱。

"笙箫吹断水云闲，重按霓裳歌遍彻。"极写歌舞之乐。笙箫乐声直上水云之间，《霓裳羽衣曲》舞了一遍又一遍。《霓裳羽衣曲》本是盛唐时代玄宗改制的曲子，到南唐时已经亡失。而李煜与大周后都精通乐理，他们在得到残留的乐谱后重新整理了这一名曲。周后，字娥皇，《南唐书》载："后主昭惠周后，通书史，善歌舞，尤工凤箫琵琶。唐朝盛时，《霓裳羽衣曲》为宫廷的最大歌舞乐章，乱离之后，绝不复传，后（大周后）得残谱，以琵琶奏之，于是开元天宝之余音复传于世。"

宫女正焚香，香气氤氲。酒到浓时，拍着栏杆，惬意无比。

"归时休放烛花红，待踏马蹄清夜月。"笔锋一转，歌阑酒散，旖旎世界之后，忽然转出清凉月下马蹄声碎的场景，清雅隽永，回味无穷。

菩萨蛮

蓬莱院闭天台女，画堂昼寝人无语。抛枕翠云光，绣衣闻异香。

潜来珠锁动，惊觉银屏梦。脸慢笑盈盈，相看无限情。

"蓬莱院闭天台女，画堂昼寝人无语。"天仙般的女子，住在蓬莱仙境般的宫里，正是午睡十分，画堂安静。

秀发如云一般洒在枕上，锦绣的衣裳异香浮动。

进来的时候，珠帘清响，惊醒了睡梦中的妃子。她睁开眼一看，是他，于是微笑了。

"脸慢笑盈盈，相看无限情。""慢"同"曼"，毛熙震《女冠子》里有："修娥慢脸，不语檀心一点。""慢脸"是形容这位妃子的美丽和气韵。执手相看，只是微笑着不语，而心里无限温柔缱绻，在轻轻涌动。

很容易让人想起泰戈尔的一首诗："你微微地笑着，不同我说什么话。而我觉得，为了这个，我已等待得久了。"

清平乐

别来春半，触目柔肠断。砌下落梅如雪乱，拂了一身还满。

雁来音信无凭，路遥归梦难成。离恨恰如春草，更行更远还生。

分别后，又是春花正烂漫的季节，触目所望，春色盎然，却忍不住柔肠欲断。伫立在阶下，白梅轻轻飘落在身上，雪花一样纷纷扬扬，刚刚拂掉，又落满一身。

鸿雁已经归来，而她却仍然杳无音讯。路途遥遥，连梦也做不成一个。这种离恨恰如无边的春草，越走越远，却还在萌生。

情感晶澈到透明。

在亡国后，李煜的词作在艺术上达到了炉火纯青的地步。

忆江南

多少恨，昨夜梦魂中。还似旧时游上苑，

车如流水马如龙。花月正春风。

在梦中一遍又一遍怀想过去的生活，那样车水马龙、花月春风的惬意日子，已经无法再在冰冷的现实中见到，于是，只能在梦中，苦苦追求。因而，更显凄凉。

清平乐

无言独上西楼，月如钩，寂寞梧桐，深院锁清秋。

剪不断，理还乱，是离愁，别是一般滋味在心头。

虽然也是写怀想和惆怅，却写得很是清朗。"月如钩，寂寞梧桐，深院锁清秋。"残月，梧桐，深院，本来就是诗词中常常用来表示失意伤感的意象，此时李煜在一句中全部用上，却并不显堆砌，只觉浑然天成。

捣练子

深院静，小庭空，断续寒砧断续风。

无奈夜长人不寐，数声和月到帘栊。

独自徘徊在庭院之中，只觉寂静空落。冷风吹来，断断续续地听到了寒砧声，声声真切。月光清凉，淡淡照着，人难入寝，心中涌动着丝丝思念，只是怔怔发呆，便如痴了一般。

寒砧声在这里其实有着不一样的象征意义。在中国古代文学中这捣衣的寒砧已成为一种符号，代表着对远游不归的人的一种思念。我们来看一首词:"寒砧第一捣,伤心如碧连天草。水自东流花自飘,冷月无声,细柳空垂,往事如烟渺。寒砧第二捣,长亭别后音尘杳。眉黛轻颦泪暗抛,水上寒砧,砧上君衣,件件添烦恼。寒砧第三捣,西风吹瘦猩红袄。木杵凄凄日夜敲,敲破闲愁,敲碎相思,又有谁人晓?寒砧第四捣,时光捣尽人将老。两鬓成霜颜色消,怎比来春,枝上桃花,还似昔年好。"

而对于李煜来说,这种思念,也许是对故国,也许是对已经逝去的美好生活。

蝶恋花

遥夜亭皋闲信步,乍过清明,渐觉伤春暮;数点雨声风约住,朦胧澹月云来去。

桃李依依春暗度,谁在秋千,笑里轻轻语。一片芳心千万绪,人间没个安排处。

这首词清浅如话。但最触目的莫过于"谁在秋千,笑里轻轻语"。只是淡淡的一句,却是无限惆怅。而这惆怅却又是如此轻盈,仿佛如能纤手自拈来的柳絮,轻轻一吹便了无痕迹。

相见欢

林花谢了春红,太匆匆,无奈朝来寒雨晚来风。

胭脂泪,相留醉,几时重?自是人生长恨水长东!

朝来寒雨晚来风,林花在这凄风冷雨的侵袭下,纷纷坠地,红消香断。"无奈"这个词,隐含词人多少隐痛。

泣泪成血,艳如胭脂,"林花谢了春红"句,是从杜甫《曲江对雨》诗"林花著雨胭脂湿"变化而来。泪眼看落花,心事有谁知?"自是人生长恨水长东!"

捣练子

云鬓乱,晚妆残,带恨眉儿远岫攒。斜托香腮春笋嫩,为谁和泪倚阑干?

和李白的"美人卷珠帘,深坐蹙蛾眉。但见泪痕湿,不知心恨谁"有异曲同工之妙。而李煜描绘得更为细腻。

他也曾写有《渔父》词，写得潇洒轻松：

渔父

浪花有意千重雪，桃李无言一队春。一壶酒，一竿纶，世上如侬有几人？

他另一首《渔父》是：

一棹春风一叶舟，一纶茧缕一轻钩。花满渚，酒满瓯，万顷波中得自由。

笔下寥寥几语，却有无数心事低回。如果他不是帝王，只是一个民间垂钓的渔夫，自由自在地吟自己的曲，唱自己的歌，该有多好。可惜命运弄人，他身为帝王，而且是个失败的帝王。

他的词极少用典，也不堆砌辞藻，自然天成。周济《介存斋论词杂著》云："毛嫱西施，天下美妇人也。严妆佳，淡妆亦佳，粗服乱头，不掩国色。飞卿，严妆也；端己，淡妆也；李煜则粗服乱头矣。"这个评价，我以为极当。

像昭君和西施，她们是闻名天下的美女，浓妆艳丽，淡妆清美，即使是粗布衣裳，蓬乱头发，也难掩玉肌雪肤，倾国之美色。温飞卿的词，就是精巧细致的浓妆美女；韦庄的词，则是淡淡妆儿；李煜，则是天生丽质的布衣美人儿。

真正的美人，当是清水出芙蓉，天然去雕饰，一颦一笑，无不动人。李煜的词，就是这样粗服乱头，不掩国色的美人儿。

疏影横斜水清浅

结庐西湖孤山，二十年来与尘世隔绝，以清绝梅花与高雅仙鹤为伴，远离所有的喧嚣，孤高洒脱，无心富贵，淡泊名利，只闲看云卷云舒，花开花落，朝出躬耕，晚归茅舍。林逋的隐居生活，有着"荷风送香气，竹露滴清响"的清丽，亦有着"绿竹入幽径，青萝拂行衣"的悠然，潇洒出尘，卓尔不凡。

虽然隐居，但是他声名在外，每天仍有不少人慕名拜访。林逋并不故作清高，从不对登门造访者刻意回避。沈括在《梦溪笔谈》里这样记载，林逋常常自泛小舟，游玩于西湖诸寺，与高僧诗友相往还。每逢有客，家童便纵鹤放飞，林逋见鹤便划着小舟回来了。

他也爱极了梅花。他最出名的莫过于诗句"疏影横斜水清浅，暗香浮动月黄昏"。他一生之中，便以梅为妻，以鹤为子，于孤山之中，静静过着自己的日子。

林逋高士之名远扬，到最后，连皇帝宋真宗赵恒也知道了他，"闻其名，赐粟帛，诏长吏岁时劳问"。林逋宠辱不惊，坦然接受了皇帝的恩赐。自己虽然做隐士，但从不愤世嫉俗，横加指责别人求仕。

明朝张岱的《西湖梦寻》曾记载说，南宋灭亡后，有盗墓贼以为林逋是大名士，必有许多陪葬宝物，但挖开林逋的坟墓，竟只找到一个端砚和一支玉簪，大失所望。而正是这支小小玉簪，引发了后人的诸多疑问、猜测和遐想，与这支小小玉簪一样，让后人不解的，还有《长相思》这首诗。如此梅妻鹤子，吹花嚼蕊，看似不食人间烟火的隐士，却写出了这么一首清幽隽永却又刻骨铭心的词：

吴山青，越山青。两岸青山相送迎，谁知离别情？

君泪盈，妾泪盈。罗带同心结未成，江头潮已平。

那钱塘江北有一座青翠的吴山，而钱塘江南也有一座清秀的越山，两岸青山仿佛天天都在迎来送往那些征帆归舟，可这时，有一对有情人正在江岸边依依不舍，这看似有情的青山，又怎么能懂有情人心中的离别之痛呢？

那少年男女执手相看泪眼，无语凝噎，一想到就此离别，天各一方，心中就痛彻心扉，从此以后，千帆过尽，再也看不到自己心爱的人了。一想到此啊，两人的泪便不曾干过。这江水也太无情了，这对有情人的同心结还没打好，它却涨起大潮，与岸齐平，催着行舟早发，为何都不让他们好好告别一番呢。

此去经年，应是良辰美景虚设！没有了心爱之人在旁边，只有日日夜夜思念着对方的音容笑貌，饱受相思之苦，罗带始终都没有结成同心，而有情人，也永远不能够在一起了。

天下最悲伤的事情，莫过于真心相爱的却不能在一起，同心而离居，忧伤以终老。后来宋人康与之仿林逋作《长相思》下阙云："君意浓，妾意浓，油壁轻车郎马骢，相逢九里松。"

究竟，林逋的心里蕴藏的会是怎样的一份爱情呢？爱得很深很深，才让它沉淀在心湖深处，玉石般流转着淡淡光晕，却是除了自己，无人知晓的秘密。

也佩服他保密工作实在做得太好。古人八卦其实不下于今人，一本著名的《世说新语》，便是对魏晋时期士大夫美男子的八卦集锦。而他只是安静地、恬然地老去，也从未将这段爱情宣之于口，只留下了谜一般的扑朔迷离，相反这成了这段故事最动人之处。

据说他年轻的时候，去江淮游玩邂逅了一段情缘。那时他年少英俊，意气风发，在杏花烟雨的江南，碰到了一位巧笑倩兮、美目盼兮的少女，两人一见钟情。

因林逋家素寒贫，女子父母将女儿嫁与一商贾富户，两人不得不含泪分离。临别时，少女拔了自己发髻上一根玉簪给他，低低说："见簪如面。"最后深深看他一眼，终于决然离去。只剩他在原地，怔怔地捧着那根玉簪。未知来生相见否？陌上逢却再少年。从此他心灰意冷，回到杭州，隐居孤山。

没有她在身边，再好的风景又有什么意义？那就在西湖吧，毕竟，这里熟悉，也清静。

"慧极必伤，情深不寿，谦谦君子，温润如玉。"他的确是慧极而又情深的谦谦君子。越千年的历史，遥想他温润如玉的风姿，当是"瞻彼淇奥，绿竹猗猗。有匪君子，如切如磋，如琢如磨，瑟兮僴兮，赫兮咺兮。有匪君子，终不可谖兮"。

他实在是极聪明，极温和的一个人。他种植梅树，经济上的独立保证了他人格上的独立。而他又心存良善，不仅对人好，对身边的一切生灵也都心存善意。他死之后，他所养的那两只白鹤绝食三天三夜，悲鸣而死。孤山上的梅树都二度重开。宋仁宗赵祯深为震动，"嗟悼不已"，并特赐予"和靖先生"的谥号。

如果，他有一段圆满的爱情，他和她，该多幸福。

不过，梅妻鹤子的生活，也未必不幸福吧。

这样的生活，是他自己选择的。只有自己才真正明白，自己想要的，究竟是怎样的生活。

也有人劝他娶妻，他都婉拒。是的，干吗要将就，要勉强，就按自己想要的样子过吧。不得不说，他是智商和情商都极高的人，他这一辈子，应该了无遗憾了吧。

除了临终前，依然在他面前摆放的玉簪，它闪烁着的，是和当年初见时一样温润的光泽。他久久地望着它，直到生命之火缓缓熄灭的那一刻。这小小的玉簪，是他唯一一件证明爱情降临过的事物。

爱情来过这世界，那么，也不枉这一生了。

小园香径独徘徊

晏殊是北宋有名的富贵宰相，词作里也是富贵之气，然而语出天然，毫无雕琢。虽只作平常语，富贵之气，已在字里行间浮动。

最喜欢他的一首词，一派天真烂漫，但用词巧妙，的确是晏词之风。

破阵子

燕子来时新社，梨花落后清明。池上碧苔三四点，叶底黄鹂一两声，日长飞絮轻。

巧笑东邻女伴，采桑径里逢迎。疑怪昨宵春梦好，元是今朝斗草赢，笑从双脸生。

新社和清明是两个节日，燕子斜飞，梨花飘落，池畔碧苔，叶底鸟啼，飞絮漫天，正是好春光。在小路上碰见了巧笑嫣然的邻居女伴，于是在一起斗草玩。结果斗草赢了，非常高兴，怪不得昨天做了个好梦，原来是预示着今天斗草赢啊。开心的笑容忍不住浮上面来。

斗草是中国古代的一种习俗。《红楼梦》里香菱斗草，只那么一小段，小女儿的娇憨之态，草木浮动的芬芳之气，宛然便在眼前。《诗经》《楚辞》里有很多植物。都是那么朴素而隽永的名字。

这样明快轻松的词，在晏词中是少见的。

浣溪沙

一曲新词酒一杯，去年天气旧亭台，夕阳西下几时回？

无可奈何花落去，似曾相识燕归来。小园香径独徘徊。

这首词是他最有名的作品，尤其是"无可奈何花落去，似曾相识燕归来"。我独爱最后一句"小园香径独徘徊。"落英缤纷，花香满径，夕阳斜照，在这样的环境里悄然惆怅。

现代人太忙也太累，钢筋水泥的森林，若能偷得浮生半日闲于小园香径安静地独自徘徊，也是一种奢侈的幸福了。可是大多数人都没有这份心思了。好不容易闲下来，不是上网就是打游戏，再不就是看电视，丝毫没有动力走出户外，去看看那斜阳、芳草、落英，在如夕阳余晖般缓缓涌起的惆怅中感受到人生的美丽。

人生总是有遗憾的，而遗憾也是美丽的，人生正因遗憾而完整。

晏殊在其他词中也表达了这种思想。

浣溪沙

一向年光有限身，等闲离别易销魂，酒筵歌席莫辞频。

满目山河空念远，落花风雨更伤春，不如怜取眼前人。

身为宰相，他亦有不如意处，而他又通达地为自己的心灵寻求到了解脱之道："不如怜取眼前人。"人世沧桑，变化无常，有些人，有些事只是在你生命中一闪而过的风景而已。而身边的点点滴滴，才是你真正需要把握且珍惜的。

清平乐

金风细细，叶叶梧桐坠。绿酒初尝人易醉，一枕小窗浓睡。

紫薇朱槿花残，斜阳却照阑干。双燕欲归时节，银屏昨夜微寒。

秋风细细，金黄色的梧桐叶纷纷飘落。刚开始喝一点绿酒，人很快就醉了。在小窗下沉沉地睡了一觉。起来时已经是夕阳西下的时候了，紫薇花和朱槿花都残落了。斜阳照着栏杆。正是燕子双双归来的时候，而自己独自立在风中，禁不住感到银屏后有丝丝寒意。

晏殊的《珠玉词》，确实如珠似玉，温润通透，名句很多。"槛菊愁烟兰泣露，罗幕轻寒，燕子双飞去""芙蓉金菊斗馨香，天气欲重阳。远村秋色如画，红树间疏黄。""梧桐昨夜西风急，淡月胧明。好梦频惊，何处高楼雁一声。""无情不似多情苦，一寸还成千万缕。天涯地角有穷时，只有相思无尽处。"

寓意

油壁香车不再逢，峡云无迹任西东。
梨花院落溶溶月，柳絮池塘淡淡风。
几日寂寥伤酒后，一番萧索禁烟中。
鱼书欲寄何由达，水远山长处处同。

晏殊的诗和他的词一样，都是珠圆玉润，富贵闲愁。"梨花院落溶溶月，柳絮池塘淡淡风"是他的名句。再也没有碰到过油壁香车里的那个少女，她像浮云一样任意东西不知所终。她所居住的地方，应该是这样一个清雅之处吧，院落里的梨花在溶溶月色里摇曳，池畔的柳絮拂来淡淡的轻风。

梦入芙蓉浦

周邦彦少年时期个性比较疏散，但相当喜欢读书。他精通音律，曾创作不少新词调，格律谨严，语言曲丽精雅，长调尤善铺叙，为后来格律派词人所宗。旧时词论称他为"词家之冠"。

他曾任太学正，国子主簿，徽猷阁待制，提举大晟府（管理音乐的机构）。诗词文赋，无所不善。但为词名所掩，诗文多零落不传。

周邦彦被公认为是"负一代词名"的词人，在宋代影响甚大。

苏幕遮

燎沉香，消溽暑。鸟雀呼晴，侵晓窥檐语。叶上初阳干宿雨，水面清圆，一一风荷举。

故乡遥，何日去？家住吴门，久作长安旅。五月渔郎相忆否？小楫轻舟，梦入芙蓉浦。

"叶上初阳干宿雨，水面清圆，一一风荷举。"清新之景，难描难画。王国维也在《人间词话》里赞此句"此真能得荷之神理者"。

故乡遥遥，什么时候归去？自己是江南人，却长久地待在长安。那里的渔郎还记得自己吗？周邦彦青年离开故乡后，几乎再没有回去过，"直至宣和二年因罢官，提举南京鸿庆宫，恰值方腊起义"，他才逃难回到杭州，而这时，他已经六十三岁。虽然鬓已星星也，但还是回来了，终于在心灵上找到了一方安定之地，"小楫轻舟，梦入芙蓉浦"。

少年游

并刀如水，吴盐胜雪，纤手破新橙。锦幄初温，兽香不断，相对坐调笙。

低声问："向谁行宿，城上已三更。马滑霜浓，不如休去，直是少人行。"

锋利的并刀如同水一样明净，吴地产出的盐如雪洁白，美人的纤纤玉手持着并刀剖开了新鲜的橙子。"并刀如水，吴盐胜雪，纤手破新橙。"这三组词语几乎是水钻般闪亮，让人的心禁不住温柔地动了一下。

室中温暖，熏香不断，相对坐着，调笙低唱。

美人低声问，已经这么晚了，到哪里行宿呢？现在霜已经浓了，马蹄容易打滑，街上行人渐少，不如留下吧。

静谧安宁的环境，体贴低嘱的话语，只觉十分温馨。虽然后人在上面也附会了一个宋徽宗与李师师的轶事。

花犯·咏梅

粉墙低，梅花照眼，依然旧风味。露痕轻缀，疑净洗铅华，无限佳丽。去年胜赏曾孤倚，冰盘同宴喜。更可惜，雪中高树，香篝熏素被。

今年对花太匆匆，相逢似有恨，依依愁悴。吟望久，青苔上，旋看飞坠。相将见、脆圆荐酒，人正在、空江烟浪里。但梦想、一枝潇洒，黄昏斜照水。

低低的一幢粉墙前，梅花盛开，和昔年的一样风味。梅花上微带几点露痕，像是洗尽铅华的清绝少女。去年自己曾经独自一人一边喝酒一边赏梅，雪中的梅花极为可爱，像是用香篝熏着的洁白被子一般。这个比喻，实在，不怎么轻盈。他把白瓷的酒杯比作冰盘，为什么把梅花树比作被子？难道此时他心中凄凉，被子能给他安全感？

今年来去匆匆，都没有时间细细赏花，连梅花都似乎含有离愁，憔悴消瘦。站在梅前低低吟诗，忽然看到点点花瓣飘落在青苔之上。想起梅子成熟可以下酒之时，自己却飘零在空江烟浪里，也许以后再也难见到这株梅树了。只能在梦中见到那黄昏下一支斜照水的丽色了。"人正在、空江烟浪里。但梦想、一枝潇洒，黄昏斜照水。"最后一句，让全篇都浸透了一种空灵的意味。

宋代黄昇在《唐宋诸贤绝妙词选》中称赞此词："此只咏梅花，而纡徐反复，道尽三年间事，圆美流转如弹丸。"

过秦楼

水浴清蟾，叶喧凉吹，巷陌马声初断。闲依露井，笑扑流萤，惹破画罗轻扇。人静夜久凭阑，愁不归眠，立残更箭。叹年华一瞬，人今千里，梦沉书远。

空见说、鬓怯琼梳，容销金镜，渐懒趁时匀染。梅风地溽，虹雨苔滋，一架舞红都变。谁信无憀，为伊才减江淹，情伤荀倩。但明河影下，还看稀星数点。

前三句，是写的这么一个清凉之夜：月色如水清朗，凉风吹得叶子沙沙地响，行人渐少，马蹄声也渐渐隐去。"水浴清蟾""叶喧凉吹"，写得凉意沁人，十分清美，月色通透，如水可掬，而飒飒风声满耳清听。那少女在露井旁笑着追扑飞着的点点萤光，不小心把轻罗小扇都扑破了，"闲依露井，笑扑流萤，惹破画罗轻扇"一派天真之态。此句是化用杜牧的"轻罗小扇扑流萤"，化用得浑然天成，不着痕迹。而这些宁静与美好，仅仅都是记忆中的场景。

词人在安静的夜里回想起少年时所爱之人的娇憨之态，禁不住涌起一丝温馨，但是更多的是离愁哀思，凭阑久望，无法入眠，只好看着铜壶上的更箭一点一点移动，不觉天晓。只叹年华如水，转眼之间，相隔已经千里，梦也消沉，而传信也遥远。"梦沉书远"，已经遥远了的岁月，已经遥远了的人。

只听说，她容颜消减，昔日如云秀发也已经不再，不敢再用玉梳梳头，不敢再看金镜里自己的容颜，更是懒怠梳妆。而现在是梅雨时节，地上湿漉漉的，一会儿彩虹，一会儿细雨，青苔滋生，院子里的一家红花都已随风而谢了。

有谁相信，我是因为思念你而消减了才华？"才减江淹，情伤荀倩"。这里用了两个典故，江淹就是江郎才尽的那个主角，荀倩是晋朝时因妻死而悲恸过度死去的。

"但明河影下，还看稀星数点。"那么就在这牛郎织女相望而不能相见的银河下，静静凝视天边的数颗明星吧。

言已尽而意无穷。

周邦彦对词在音律上进行了完善定型，他的《片玉集》精巧无比，宛若古典精致的江南园林。

雨打梨花深闭门

李重元的传世词作只有《忆王孙》四首（春词、夏词、秋词、冬词）。这四首词都是以一个女子的口吻来描绘对春夏秋冬四季的感受。

忆王孙·春词

萋萋芳草忆王孙，柳外楼高空断魂。杜宇声声不忍闻。

欲黄昏，雨打梨花深闭门。

萋萋芳草连天碧，让人想起梦中也在思念的那个人。杨柳依依，高楼之上，是女子凝望的剪水双瞳。杜鹃儿一声一声叫着，让独守空闺的佳人更感凄凉。一天又这么过完了，黄昏来临，淅淅沥沥的小雨连绵，雪白的梨花纷纷零落，只得黯然回房，关闭闺门，独自卧听雨声。

主题是词中常见的"春闺幽怨"，但写得通透清灵。尤其最后一句"欲黄昏，雨打梨花深闭门"。仿佛有梨花芬芳浮动而来，却溶着一缕无可言说的悲伤。

忆王孙·夏词

风蒲猎猎小池塘，过雨荷花满院香，沉李浮瓜冰雪凉。

竹方床，针线慵拈午梦长。

小池塘里，风吹水草，猎猎有声。雨后，荷花的芬芳浮动，满院生香。好一个清凉世界。这时，将沉在井里用冷水浸的李子和西瓜取了来吃，冰雪一样的凉意直达心底，透心舒爽，心旷神怡。睡在凉凉的竹制方床上，懒得去拿针线做女红了，就这么沉沉地睡一个长长的午觉，好不惬意。

忆王孙·秋

飕飕风冷荻花秋，明月斜侵独倚楼。十二珠帘不上钩。

黯凝眸，一点渔灯古渡头。

起初两句都化自白居易的诗词，"飕飕风冷荻花秋"来自"枫叶荻花秋瑟瑟"，"明月斜侵独倚楼"来自"月明人倚楼"。冷风荻花，明月窥人，秋意连绵。珠帘不用银钩，徐徐散落，在风中叮咚有声。独自在高楼黯然远望，遥遥的渡头上，一点渔火幽微的光芒。

忆王孙·冬

彤云风扫雪初晴，天外孤鸿三两声。独拥寒衾不忍听。

月笼明，窗外梅花瘦影横。

风吹散了乌云，雪日初晴，天空中忽然传来了孤雁的几声凄冷的鸣声。独自坐在清寒的被衾里，不忍心听着凄凉之声。雪夜的月儿格外皎洁，照着窗外梅花的疏影上，更显凄冷。

这四首词没有一个字写闺怨，但女子的凄清孤寂却在字里行间展现无余。这种因孤独而带来的忧伤在作者的笔下却是如此通透清灵。

冷香飞上诗句

　　姜夔为人耿介清高，一生清贫自守，然襟期洒落，气貌若不胜衣。他以文艺创作自娱，诗词散文和书法音乐，无不精善，是继苏轼之后又一难得的艺术全才。其词风清空而骚雅，集两宋雅词之大成，特具一种清刚醇雅的审美风格。

　　朱彝尊在《词宗》称："词在南宋始极其工，姜尧章氏最为杰出。""清空、骚雅。清空是意境，骚雅是笔调"，南宋张炎在《词源》称"词要清空，不要自视，……姜白石词如野云孤飞，去留无迹"。

鹧鸪天

正月十一日观灯

　　巷陌风光纵赏时。笼纱未出马先嘶。白头居士无呵殿，只有乘肩小女随。

　　花满市，月侵衣。少年情事老来悲。沙河塘上春寒浅，看了游人缓缓归。

　　正月十一日，正是元宵节前，大街小巷处处张灯结彩，热闹非凡。灯笼还没有拿出来，就听见了那些公子王孙胯下骏马的嘶叫声。年老贫苦的词人没有随从，只有坐在自己肩上的小女儿伴随。

　　花灯满市，月色侵衣。回忆起少年时种种意气风发的往事，如今双鬓星星，而灯市如旧，只是物是人非，禁不住黯然神伤。

　　沙河塘上春意料峭，行人都渐渐回家去了。只余一片冷清。

鹧鸪天

元夕有所梦

肥水东流无尽期。当初不合种相思。梦中未比丹青见，暗里忽惊山鸟啼。

春未绿，鬓先丝。人间别久不成悲。谁教岁岁红莲夜，两处沉吟各自知。

肥水东流而去，没有尽头。当初就不该在这里把相思深种。在梦中朦朦胧胧的影像，哪有画中丹青那般清晰？可就是这样朦胧的倩影，也被山鸟的啼叫声惊破。

春天还没有到来，而自己已经鬓发苍苍了。在这人世间，分别太久，已经不能用悲伤来形容了。从来也不须想起，因为永远也不会忘记。在年年元宵赏红灯的时候，在相隔遥远的两地，两人都会在思念对方。

这首词隐藏着词人一段惆怅的爱情。在他二十多岁的时候，在合肥认识了一名少女，并相爱了。但是由于他行踪无定，身世飘零，最后和那少女分开了。他一直对她念念不忘。即使时间已经划过了很长一段，但他心中仍然有着深深的眷念。

念奴娇

予客武陵，湖北宪治在焉。古城野水，乔木参天。予与二三友日荡舟其间，薄荷花而饮，意象幽闲，不类人境。秋水且涸，荷叶出地寻丈，因列坐其下。上不见日，清风徐来，绿云自动，间于疏处窥见游人画船，亦一乐也。揭来吴兴，数得相羊荷花中。又夜泛西湖，光景奇绝，故以此句写之。

闹红一舸，记来时、尝与鸳鸯为侣。三十六陂人未到，水佩风裳无数。翠叶吹凉，玉容销酒，更洒菰蒲雨。嫣然摇动，冷香飞上诗句。

日暮。青盖亭亭，情人不见，争忍凌波去。只恐舞衣寒易落，愁入西风南浦。高柳垂阴，老鱼吹浪，留我花间住。田田多少，几回沙际归路。

这首词是咏荷。

绚烂的红色荷花中一只小船缓缓而来，来时，在荷花下看到了一对鸳鸯。这个"闹"字也让荷花的那种绚烂华美意味全出。不说看到了鸳鸯，

而说"尝与鸳鸯为侣",更是饶有情趣,很有那么一种生动味儿。"水佩风裳无数",则是化用了李贺写苏小小的诗:

幽兰露,如啼眼。无物结同心,烟花不堪剪。

草如茵,松如盖,风为裳,水为珮。

油壁车,夕相待。冷翠竹,劳光彩。

西陵下,风吹雨。

"水佩风裳无数"来写荷花,只觉高洁清幽。

"翠叶吹凉,玉容销酒,更洒菰蒲雨。"碧绿荷叶间吹来凉风,荷花花瓣如醉酒美人,忽然下了一阵小雨,丝丝细雨从那菰蒲丛中轻轻飘洒过来。

"嫣然摇动,冷香飞上诗句。"真是神来之笔,荷花摇曳生姿,如美人娉婷身影,幽幽冷香萦绕笔端,于是,写出的诗句也如浸透这清冷芬芳,绝尘脱俗。这一句细读良久,仿佛字里行间真有幽幽冷香扑面而来。文字之美,竟可以一美如斯。

上阕极写荷花之清美绝俗。下阕,则是对荷花的怜惜。不觉已是日暮时分,荷叶仍是亭亭如盖,仿佛等待情人不忍凌波而去的仙子。只是西风起时,这么美的荷花荷叶,恐怕也要在寒风中凋零枯萎了。还有那高大垂柳的荫凉,大鱼在浪尖跳跃,都让我对这片荷花地是这样眷念。田田的荷叶,可知道我徘徊在沙堤归路恋恋不舍地心情呢?

暗香

辛亥之冬,予载雪诣石湖。止既月,授简索句,且征新声,作此两曲,石湖把玩不已,使工妓隶习之,音节谐婉,乃名之曰暗香、疏影。

旧时月色。算几番照我,梅边吹笛。唤起玉人,不管清寒与攀摘。何逊而今渐老,都忘却、春风词笔。但怪得、竹外疏花,香冷入瑶席。

江国正寂寂。叹寄与路遥,夜雪初积。翠尊易泣。红萼无言耿相忆。长记曾携手处,千树压、西湖寒碧。又片片、吹尽也,几时见得。

《疏影》《暗香》是出自"疏影横斜水清浅,暗香浮动月黄昏"。词牌名便是轻巧清美。

"旧时月色"，忽然给整首词轻轻抹上一层惆怅的岁月痕迹。"算几番照我，梅边吹笛。"曾多少次照耀过我梅边吹笛的身影。"唤起玉人，不管清寒与攀摘。"月下美人如玉，共赏这清寒冷梅。"何逊而今渐老，都忘却、春风词笔。"然而时光辗转今日，最美好的年华已经逝去，那满蕴春风的少年之气也在词作中遍寻不找。

"但怪得、竹外疏花，香冷入瑶席。""竹外疏花"，这个疏字，不知怎的透出一种清隽之气，梅花疏朗之姿，斜斜伸在青竹之外。竹子也是植物之中的君子，高洁耐寒，以竹衬梅，更见梅之清雅。"香冷入瑶席"。"瑶席"指雅洁的卧室，冷香幽幽沁入卧室。"竹外疏花，香冷入瑶席"，反复念上几遍，真是口齿噙香。

"翠樽易泣，红萼无言耿相忆"。翠樽指碧绿色酒杯，红萼指梅花，都在思念玉人。"长记曾携手处，千枝压，西湖寒碧"。常常想起共同携手赏梅的时候，雪压千枝梅花，而西湖碧水冻凝。"曾携手处"，曾并肩赏梅的时候，携手紧握，可见情之真，之浓，之深。"西湖寒碧"又是白石素喜的清空之景。

"又片片吹尽也，几时见得。"然而现在，梅花已经快被片片吹落了，我什么时候才能再见这梅花？我什么时候才能再见到她？

只觉满篇清冷幽香，真是"沁梅香可嚼"。

疏影

苔枝缀玉。有翠禽小小，枝上同宿。客里相逢，篱角黄昏，无言自倚修竹。昭君不惯胡沙远，但暗忆、江南江北。想佩环、月夜归来，化作此花幽独。

犹记深宫旧事，那人正睡里，飞近蛾绿。莫似春风，不管盈盈，早与安排金屋。还教一片随波去，又却怨、玉龙哀曲。等恁时、重觅幽香，已入小窗横幅。

"苔枝缀玉"，青青的梅枝上，缀着玉一样洁白清润的梅花。"有翠禽小小，枝上同宿。"有青色的小鸟儿，也在枝上栖息。身处异乡，在这黄昏的篱角，默然无言，只是倚靠着翠色修竹。"昭君不惯胡沙远，但暗忆江南江北。想佩环、月夜归来，化作此花幽独。"这里用的是昭君出塞的典故。那月下清冷的幽影，原来是昭君归来的倩影。

"犹记深宫旧事，那人正睡里，飞近蛾绿"说的乃是寿阳公主"梅花妆"的典故，乃是借南朝宋武帝女儿寿阳公主午睡时，有梅花悄然飘落眉心，留下淡淡的花瓣印，一时宫女争相仿效，称为"梅花妆"。

如今梅花已经凋谢，片片随波而去，等到再想寻觅那清冷幽香之时，已经无法找到，只能在小窗旁的横幅小画中追寻了。

范成大退出官场后，回到故乡苏州，隐居石湖。一个冬天，正是梅花初放之日，姜夔前来探访。设宴款待之时，对着浮动暗香的梅花，姜夔才思泉涌，挥笔写下了这两首新词。

范成大赞赏不已，当即命家中的乐工和歌姬演唱这首歌。歌姬小红非常喜欢这两首词，对落魄的词人也芳心暗许。除夕之夜，姜夔要返回湖州，爱才的范成大成人之美，将小红嫁与姜夔做妾。姜夔得到知音赞赏，又得此红颜知己，自是欢喜无限，作下"自作新词韵最娇，小红低唱我吹箫"的诗句。

明月生凉宝扇闲

近代词论家多以姜词清空，吴词密丽，为二家词风特色。况周颐《蕙风词语》卷二又云："近人学梦窗，辄从密处入手。梦窗密处，能令无数丽字，一一生动飞舞，如万花为春；非若琱蘽绣，毫无生气也。"

点绛唇

试灯夜初晴

卷尽愁云，素娥临夜新梳洗。暗尘不起。酥润凌波地。

辇路重来，仿佛灯前事。情如水。小楼熏被。春梦笙歌里。

天空明净无云，月儿如水洗过一般清朗。雨后初晴，街上湿润清洁，没有灰尘飞扬。故地重游，柔情如水的往事悠悠浮上心头。那时，小楼上熏香的被子好梦安然，笙歌萦绕不绝。

风入松

听风听雨过清明。愁草瘗花铭。楼前绿暗分携路，一丝柳、一寸柔情。料峭春寒中酒，交加晓梦啼莺。

西园日日扫林亭。依旧赏新晴。黄蜂频扑秋千索，有当时、纤手香凝。惆怅双鸳不到，幽阶一夜苔生。

风入松这个词牌名实在太好听，仿佛顿有清风满耳之感，关于它的来源，有一种说法是一说出于唐代诗僧皎然《风入松》歌；一说晋嵇康作的《风入松》古琴曲。

这首词极其淡雅清新，又极其委婉细腻。"听风听雨过清明。愁草瘗花铭。"清明节风雨大作，夜来风雨声，花落知多少。自然是绿肥红瘦。于是，惜花的词人忍不住将落花细细收集起来，将它埋入泥土之中，伤感之下，并想为它拟一篇瘗花铭。庾信就曾写过《瘗花铭》。

令人忍不住想起《红楼梦》里黛玉葬花的片段：

那日正当三月中浣，早饭后，宝玉携了一套《会真记》，走到沁芳闸桥那边桃花底下一块石上坐着，展开《会真记》，从头细看。正看到"落红成阵"，只见一阵风过，树上桃花吹下一大斗来，落得满身满书满地皆是花片。宝玉要抖将不来，恐怕脚步践踏了，只得兜了那花瓣儿，来至池边，抖在池内。那花瓣儿浮在水面，飘飘荡荡，竟流出沁芳闸去了。回来只见地下还有许多花瓣。

宝玉正踟蹰间，只听背后有人说道："你在这里做什么？"宝玉一回头，却是黛玉来了，肩上担着花锄，花锄上挂着纱囊，手内拿着花帚。宝玉笑道："来得正好，你把这些花瓣儿都扫起来，撂在那水里去罢。我才撂了好些在那里了。"黛玉道："撂在水里不好，你看这里的水不干净，只一流出去，有人家的地方儿什么没有？仍旧把花糟蹋了。那畸角儿上我有一个花冢，如今把他扫了，装在这绢袋里，埋在那里；日久随土化了，岂不干净。"

这一节是《西厢记妙词通戏语牡丹亭艳曲警芳心》，飞花落絮里，黛玉款款荷锄而来，尔后宝黛共读，他们彼此的爱，又深了一层。

后来有一次看邮展的时候看到了一批红楼梦的邮票，金陵十二钗里，黛玉就是那样，花谢花飞飞满天，落絮轻沾扑绣帘中，纤纤秀秀的身段，手把花锄出绣闱。

真是个"毫端蕴秀临霜写，口齿噙香对月吟"的美人儿。

想来，这位雨后，在清冷湿润的空气里葬花的词人，也是黛玉一样锦口绣心的灵秀之人吧。

"楼前绿暗分携路，一丝柳、一寸柔情。"想起与情人分别之时，柳丝如离愁，在风里飘摇不止。

"料峭春寒中酒，交加晓梦啼莺"，料峭春寒，离别伤怀，只得借酒浇愁，希望能在梦中相会情人。不想却被啼莺唤醒。此中场景，令人也不禁想起了"打起黄莺儿，莫教枝上啼。啼时惊妾梦，不得到辽西"。

思念情人，如何是好呢？词人选择的办法是"西园日日扫林亭，依旧赏新晴"，仍然天天去以前和情人常去的西园林亭。但是睹物思人，却只有更加思念。

"黄蜂频扑秋千索，有当时、纤手香凝。"这句，真的极美。昔日情人常荡的秋千上，还有黄蜂在频频绕飞，因为，她当时纤纤素手握过的秋千索上，还留有淡淡的清香。没有直接描写情人如何之美，却忍不住让人揣想，让词人魂牵梦绕的情人，这该是怎样一个美人儿？一直觉得，这一句，是神来之笔，梦窗淡淡一笔，勾勒出朦胧的一个倩影，却是倾国倾城。

"惆怅双鸳不到，幽阶一夜苔生。"双鸳是写情人的绣鞋。很是惆怅，因为她很久没来了。于是，这幽静的台阶之上，仿佛是一夜之间，便生满了青苔。这当然是夸张之语。她离别之日，仿佛仅仅在昨天，但其实一晃眼，已经很久很久了。

踏莎行

润玉笼绡，檀樱倚扇。绣圈犹带脂香浅。榴心空叠舞裙红，艾枝应压愁鬟乱。
午梦千山，窗阴一箭。香瘢新褪红丝腕。隔江人在雨声中，晚风菰叶生秋怨。

肌肤晶莹，身着轻绡衣，扇子轻轻放在樱桃小口旁边，绣花的领圈上还带着浅浅的胭脂香气，舞裙上叠印着红色的石榴花，艾枝插在她的鬟发上。

梦中携手历经千山，醒来时发现不过一瞬。梦里分明还看见刚刚她手上因系着红丝带而压出的印痕。然而现实中却隔江千里。窗外雨声潇潇，晚风中菰叶瑟瑟，无限忧伤。

上阕回忆心上人，对她音容笑貌，穿着细节记得是那样清楚。

下阕回归现实，更增思念。"香瘢新褪红丝腕。"又是一个令人心动的细节。梦窗真是观察力敏锐细致。

"隔江人在雨声中，晚风菰叶生秋怨。"真是秋意连绵。

鹧鸪天

池上红衣伴倚阑，栖鸦常带夕阳还。殷天度雨疏桐落，明月生凉宝扇闲。

乡梦窄，水天宽，小窗愁黛淡秋山。吴鸿好为传归信，杨柳闾门屋数间。

在池边漫步，相伴自己的只有荷花，夕阳里归鸦飞来。浓云来时，雨丝滴滴打在梧桐叶上，初晴之后，一轮明月静静浮上，凉气顿生。扇子可以搁置了。

水天之间是如此开阔，然而做一个乡思的梦却是如此短促，看着窗外的小山，不由得黯然。天上鸿雁飞来，可以为我去吴地传信吗？传到闾门外，杨柳旁的几间小屋子那里。

"明月生凉宝扇闲。"只觉心底生凉，仿佛眼前浮现一轮温柔如水的清凉之月。"杨柳闾门屋数间。"却是平淡朴素的场景，虽然不动声色，却尽显思念之情。

唐多令

何处合成愁。离人心上秋。纵芭蕉、不雨也飕飕。都道晚凉天气好，有明月怕登楼。

年事梦中休。花空烟水流。燕辞归、客尚淹留。垂柳不萦裙带住，漫长是、系行舟。

"何处合成愁。离人心上秋。"这句太著名了，看似信手拈来，语带双关，却是惆怅难言，似乎立有秋意悲凉之感。芭蕉在秋风中发出瑟瑟之声，没有雨下的声音，也让人感到寂寥。都说秋天晚上是凉意怡人的时候，但是看那明月圆满到十二分，却不敢登楼乘凉。月光下，会引起太多的思绪的。

"年事梦中休。花空烟水流。"还是在感叹年华飞逝，"燕辞归、客尚淹留。"却是在思念家乡了，燕子都飞回去了，而我呢，我还留在异乡。"垂柳不萦裙带住，漫长是、系行舟。"

整首词最让人怦然心动的是这一句："都道晚凉天气好，有明月、怕登楼。"晚凉天气好，秋天的夜晚，风里带着丝丝凉意，确实是让人心神怡爽的。但词人却不敢登楼，在那清朗的月光下，越发会"不忍登高临远，望故乡邈渺，归思难收"那样想家，于是用一种委婉而含蓄的方式表达出来，思念却丝丝浸透。

流光容易把人抛

蒋捷是咸淳十年（1274）进士。宋亡，深怀亡国之痛，隐居不仕，人称"竹山先生"，其气节为时人所重。长于词，与周密、王沂孙、张炎并称"宋末四大家"。

刘熙载曾在他的著作《艺概》中说："蒋竹山词未极流动自然，然洗练缜密，语多创获。其志视梅溪（史达祖）较贞，视梦窗（吴文英）较清。刘文房（刘长卿）为五言长城，竹山其亦长短句之长城欤！"

一剪梅舟过吴江

一片春愁待酒浇。江上舟摇，楼上帘招。秋娘度与泰娘娇。风又飘飘，雨又萧萧。

何日归家洗客袍？银字笙调，心字香烧。流光容易把人抛。红了樱桃，绿了芭蕉。

"一剪梅"这个词牌名很是清隽，得名于周邦彦词中的"一剪梅花万样娇"。

小舟在江上飘飘摇摇，词人满怀愁绪，看到岸上酒楼帘子在飘，于是便想借酒浇愁。经过了秋娘度与泰娘娇，本来是好风景，却是冷风细雨，令人无心欣赏。

什么时候才能回家洗自己的衣衫呢？什么时候才能回到家里，调着银字笙，点燃心字形的燃香？年华如水，时光飞逝，把人远远抛下，转眼又是一年，樱桃又红了，芭蕉又绿了。

"流光容易把人抛。红了樱桃，绿了芭蕉。"本是感叹年华飞逝的惆怅之语，却是如此清丽如画，与前阙的萧瑟之景恰成鲜明之比。一年又一年，总有更新鲜清灵的事物出现，虽然年年岁岁花相似，风景依稀似去年，但那花，显然不是去年的花了。没有人能阻挡这自然界的变化。

只能珍惜。唯有珍惜，才可使平凡的事物变得温馨而永恒。

虞美人

少年听雨歌楼上，红烛昏罗帐。壮年听雨客舟中，江阔云低，断雁叫西风。而今听雨僧庐下，鬓已星星也。悲欢离合总无情，一任阶前点滴到天明。

少年时听雨是在歌楼之上，燃着红烛，照着罗帐，挥霍时光，不识愁滋味。壮年的时候漂泊在外，听雨是在客船之中了，江水辽阔，云层低低，一只离群孤雁在西风中悲伤地鸣叫。而如今是在冷寂僧庐下听雨，已是垂垂老矣，双鬓已星星。已经阅尽悲欢离合，心情无法再起半点波澜，只任这雨滴一滴一滴地在阶前滴到天明。

三个片段，即概括了一生的痕迹。人生如梦，只有雨声依旧。